女盛りは腹立ち盛り

内館牧子

女盛りは腹立ち盛り

目次

そう、非国民ですね

先日、中学時代からの友人であるナオコが、自宅にランチに招いてくれた。

彼女はすき焼きを作り、

「そうだ、あなたの全快祝いにワイン開けよう」

と、一本出してきた。それを見て、私は声をあげた。

「あら、五一わいんのメルローだ！」

「そうなの。知ってる？　おいしいのよ、これ」

ナオコはこれまでに、国内外のおいしい物を食べ、おいしい物を飲み、おいしい物を知っている人だ。その彼女が、国産ワインを常備していて、快気祝いにごく当たり前にそれを開けてくれたことが、すごく嬉しかった。

というのも、私は国産ワインに関しては思いがあるのだ。一九九五年頃だったか、まだワインブームが到来する前に、私はいわゆるソムリエスクールに通っていた。その後、大ブームが起こり、私のところにもよく、雑誌などから「千円で買えるお手頃ワインのお薦めは？」とか「安価でおいしいとっておきの一本は？」という取材やアンケートが来るようになった。たいていは、各界のワイン通《つう》を標榜《ひょうぼう》している人たちが回答していた。

ところが、彼らの回答を見るたびに、私はムカッ腹が立つ。「安くておいしい」となると、ハンでおしたようにチリや南アフリカの銘柄を挙げるのである。

もちろん、それらもおいしいのだが、同等かそれ以上の国産ワインが幾らでもある。が、まだワインブームのはしりであり、一般的には「高級ワインはフランス。安くてまあまあはチリと南アフリカ」という「形」が、気持ちの中にあった時代だと思う。ただ、国産ワインなんぞ取るに足らないと決めつけている気がして、何だか成り金の貧乏臭ささえ感じたものだ。

そんな時、世界一のソムリエ田崎真也さんとの仕事が持ちあがった。それも北海道から九州までの、全国のワイナリー訪問記を、ワイン専門誌に連載する話である。こんなに嬉しい仕事はあったものじゃない。それに、国産ワインに目を向けようというのは、田崎さんご自身の企画だった。「ワインは外国産がいい」と決めこむ貧乏臭い権威主義など、世界一のソムリエは微塵《みじん》も持っちゃいない。

こうして、私は三年半にわたり、田崎さんにたくさんのことを教わりながら、全国を旅したのである。

その第一回が、五一わいんの林農園だった。

ここは長野県最古のワイナリーで、メルローという品種のぶどう作りではパイオニア。田崎さんもここのメルローで造った「スペリオール」を絶賛していたのである。

私はナオコとすき焼きを食べ、五一わいんを飲みながら、法政大教授の田中優子さんの書かれたコラムを思い出していた。それはこの六月十二日付の『秋田魁《さきがけ》新報』に出ていたのだが、あの優雅で美しい田中さんがここまで怒り、断罪したことに、私はもうヤンヤヤンヤの大喝采である。

事件は、昨年の北海道洞爺湖サミットの晩餐会でのことだ。各国首脳に供される白ワインは、玉村豊男さんのワイナリー「ヴィラデスト」のものに決定していたという。もちろん、厳しい審査を勝ち抜いて選ばれたのである。ご承知の通り、玉村さんは作家だが、今やすばらしいワインの醸造家でもある。田崎さんと私が旅していた頃は、まだワイナリーを立ち上げていなかったが、今ではサミットの晩餐会に選ばれるほどのワインを造っているのである。

が、何と！　土壇場になって玉村さんの国産ワインはカジュアルなランチ用に回され、晩餐会はフランスワインに変更されたという。

なぜか。あろうことか、当時の福田康夫首相が、

「日本のワインで大丈夫？」

と言ったのだという。ワイン通だとされる福田首相のこの一言で、高級フランスワインになったのだろう。

田中さんは書いている。

「首相にも、またその一言で日本産ワインを引っ込めた担当者に対しても、今まで一度も言ったことのないこの言葉を言ってやりたい。『非国民！』」

さらに、続けている。

「（首相は）まず、現在の日本のワインのレベルを知らない。今や世界各地で優れたワインが造られている。日本もそのひとつだ。

『ワインといえばフランス』という、飲む人ならもはや誰も持っていないような古い観念にこりかたまっている。これは怠慢な権威主義である」

そして、次の文章には誰もが納得するだろう。

「首相が、自信をもって日本の産業を世界にPRする役割を果たしていないことが気になる。日本人の底力を知らないし、誇りももっていないのかもしれない。自ら国内の商品や農産物を試し検討し、目利きになり、良いものはすすめ、そうでないものは開発支援するという、古来、指導者が行ってきた行動は、もはや首相の役割ではないらしい。日本の首相は国民のためではなく、党のためにいるのであろう」

　この一件に関しては、嵐山光三郎さんも呆れた様子で書かれていた。

　日本のワインは、私が田崎さんと旅を始めた十一年前から、さらによくなっている。北海道や山梨、長野はもとより、山形にも新潟にも京都にも滋賀にも大分にも、いいワイナリーがある。岩手でも栃木でも宮崎でも山口でも、いいワインを造っている。私は田崎さんの指導でテイスティングし、今も国産ワインをよく飲むので実感している。

　日本の指導者には指導者の資質がないと怒りつつも、すき焼きと五一のメルローにはとろけた。

自称不眠症の女たち

マイケル・ジャクソンさんの死因が「薬物投与」によるものではないかというニュースが、さかんに流れている。マイケルさんは不眠に苦しんでおり、もはや睡眠薬では効果がなく、手術などに使う麻酔薬を処方されていたという。

「不眠症」とか「睡眠障害」というものは、本当につらくて苦しいらしい。それは明らかに「病気」であり、「睡眠外来」を設けている病院もあると聞いた。

私の女友達の間でも、不眠を口にする人は多い。

「私、眠れなくて、疲労がどんどんたまるの」

「私もよ。毎晩眠れなくて、つい色んなことを考えちゃうでしょ。先々のこととか。ますます眠れないの」

「私は××っていう睡眠薬を処方してもらってるんだけど、もう効かないわ」

「私は△△を飲んでるけど、眠れない」

「私は○○を二錠飲むとやっとウトウトできるの」

　と、こんな具合である。そして必ず、みんなは私を見て言うのだ。

「あなたはいいわよね。すぐ眠れるから」

「マキコはこのトシまで一度も睡眠薬とか導眠剤とか飲んだことない化け物よ」

「マキコは昔、スキーで怪我した時、医師に『これから痛むので、睡眠薬を出しましょう』って言われて、断ったのよ。何と言って断ったと思う？」

「その話、知ってる。『もしも手術となれば、麻酔でぐっすり眠れるわけですから、結構です』って言ったのよね。神経が図太い女はラクよね」

「私たちみたいに、寝つけなくて、眠りが浅くてすぐ目がさめて、そのまま朝まで眠れない苦しみなんか、わかりっこないの」

「だいたい、相撲とかプロレスが好きな女に不眠症なんてないわよ」

　と、どの女友達も言いたい放題。無礼者が！　私だって眠れない夜はある。

「へえ。そういう時はどうするの？」

　と訊かれ、

「起きてるの。そのうち疲れて眠くなるから」

　と答えたところ、不眠軍団からは相手にされなくなってしまった。

ところがだ。ある時、不眠軍団のA子とB子と温泉に行った。十畳ほどの部屋に布団を並べ、灯りを消した。A子もB子も寝返りを打ったり、モゾモゾしたりして、眠っていないのがわかる。やがて、私はもう一度露天風呂に入ろうと思い、二人を残して部屋を出た。

そして戻ってくると、何と二人はぐっすりと眠っている。A子は規則正しい寝息を立て、B子はイビキまでかいている。まん中の布団の私は、あまりにも気持ちのよさそうな寝息とイビキのせいもあって、眠りそこなってしまった。

すると朝、起きたA子は布団の上で言った。

「昨日も全然眠れなかった。マキコがお風呂に出て行ったのも全部覚えてるわ」

確かに、あの時点では二人とも眠っていなかったが、あとはゴンゴン眠っていたではないか。

すると、イビキのB子もだるそうに言った。

「私、昨日は薬を飲み忘れちゃったの。だから、一睡もできなかった……」

私は心の中で「薬を飲み忘れて、あれだけイビキかければ上等じゃないの。一睡もできなかったのはこっちよ」と突っこんだが、もちろん、そんな無粋なことは口に出さない。

ただ、あの時に確信した。本当に病気の人は別だが、そこまではない人たちというのは、自分で考えているより、実は結構眠っているのではないか。あの寝息やあのイビキは、「一睡もできなかった」とか「眠りが浅い」とかいう状況とは思えない。

もちろん、寝つきが悪かったり、一度目がさめるとずっと眠れないということはあると思う。そのうちに、空が明けてきて焦るというつらさも、確かにあろう。だがおそらく、その間に眠っている時間がある。本人は気づかなくてもだ。

すると仕事仲間のC子が、

「うちの姉も眠れない、眠れないって、人の顔を見れば愚痴るの。でも、姉の夫が言ってた。本人が言うより遥かに眠ってるって」

と笑った。やはりそうかと、私は意を強くした。

しつこいようだが、本当に病気の人は別だ。しかしそこまでの域にない人は、実は結構眠っていると気づくだけで、かなり気が楽になるのではないか。不眠軍団にそう伝えようか。

私がそう言うと、C子は言下に否定した。

「ダメよ。私が姉にそう伝えたら怒り出してね。眠れる人にはわからないとか、無責任なことを言うとかって怒るの。姉の夫が『放っとけ』って目配せしたから、それ以上は言わなかったけど、あなたも言っちゃダメよ。『自称不眠症の女』って、プライド高いから」

この「自称不眠症の女」には笑ったが、すぐに眠れる私に向かって言いたい放題なのも、プライドのなせる業《わざ》かもしれない。

そんなある日、たまたま開いた月刊誌『壮快』に、快眠に導くポーズというのが出ていた。気功の一種らしいが、副交感神経が優位になって眠りに導かれるのだという。

同誌によると、布団にあおむけに寝て、両手の親指と人差し指でマルの形を作る。目をつぶったまま、両手のマルを見て、目線を止める。むろん、目をつぶっているのでマルは見えないが、見ている意識を持つのだという。すると心身がリラックスして、眠りに導かれやすいとあった。

私は試してから不眠軍団に教えてあげようと思っているのだが、試す前に眠ってしまい、話にならない。

思わずドン引きです

民主党の歴史的大勝に終わった先の選挙だが、各党は早くも来夏の参議院選を見据えているようだ。

選挙戦において、候補者はよかれと思ってやった行動が、実は有権者には「ドッチラケ」の「ドン引き」という場合がある。

たとえば、「選挙戦の間だけ自転車に乗るパフォーマンスは許せない」という声は、決して少なくはない。常日頃は運転手付きの黒塗りに乗って、ふんぞり返っているのに、急に庶民感覚をアピールする根性がバレバレということだ。女性候補者でも「選挙が近くなると、安い服や時計を身につける」という豹変が、顰蹙《ひんしゅく》を買ったものだ。常日頃はブランド品で身をかため、偉そうな態度がやはりバレている。

これらのように、候補者のどういう戦い方が有権者に「ドン引き」されるか、面白いアンケート結果がある。ラジオ局のＴＯＫＹＯ　ＦＭが集計したもので、その名もズバリ、

「『思わずシラケる選挙戦』ランキング」

ＴＯＫＹＯ　ＦＭのリスナー一、一五一名が回答している（内訳は選挙権のない十代以下が六パーセントで、残り九十四パーセントは二十代から六十代以上までの有権者）。

それによると、不評のランキングは次の通り。（　）は回答者のパーセンテージ。

第1位　候補者名を連呼する選挙カー（55・5％）

「大音量」が嫌われるようで、「暴走族よりタチが悪い」（30代男）という声も。

第2位　電話での候補者紹介（53・9％）

「仲良くもない知り合いから、急に候補者の票入れのお願い」（40代女）というコメントは、誰しも経験があろう。うんざりだ。

第3位　涙の訴え（45・7％）

コメントの中に「涙だって大声だって、日本を良くしたいって本気が見て取れれば感動するけど、見えなければしらけるだけ」（20代女）というのがあったが、その通り!!

私も、麻生政権の女性大臣が自転車で「助けて下さい！」と涙ながらに訴え回り、母親や弟までが土下座したという記事を読んだ時は、ドッチラケた。

だいたい、「助けて下さい」って何なんだ。その言葉から、日本をよくしたいという意識は皆無。自分が仕事を失うことを恐れているとしか思えない。ならば、非正規社員や日雇いでキュウキュウとしている人たちが「助けて下さい」と訴えた時、何をしてくれたというのか。

第4位　自宅訪問による候補者紹介（45・5％）

「邪険には出来ない人をわざわざ選んで同行させ、（候補者）本人は一言も言わず立っている」（20代女）というコメントがあったが、こんなレベルの候補者に当選されて、税金から歳費を払うのはたまらない。ご存じの通り、国会議員の歳費、つまり月給は約一三〇万円。JRのグリーン車は無料で乗り放題だし、無料航空券もある。さらに、それとは別に非課税の文書通信交通滞在費が月一〇〇万。年収は約三、三〇〇万円という。むろん、支出も多いだろうが、これでは自分の生活のために「助けて下さい」と泣きつくわけだ。

第5位　大音量の街頭演説（34・4％）

第1位と重なる部分もあるが、「選挙の時だけ街中で演説や挨拶をする」（20代男）、「芸能人の応援演説」（30代女）等のコメントも目立つ。有名人の「客寄せパンダ」はプラスにばかり働いているわけではない。

傑作だったのは、『朝日新聞』（八月二十九日付）に出ていた14歳の男子中学生の一言。
「政治家は選挙のとき目を輝かせるけど、当選したら目が死んどる。利益守ることは熱心だけど、ほかのことは、からきしだめ」

子供にさえバレている。

第6位　化粧の濃い選挙ポスター（32・1％）

これには大笑い。ホントにそう。女性国会議員のピンクやら黄色やらのセンスの悪い服、あれってどこに行けば売ってるんだろう。

第7位　他党の批判（31・8％）

ネガティブキャンペーンは、日本人の精神には合わないと言われるが、「他の政党を批判する前に、具体的に自分は何をするかをいってほしい」（30代男）というコメントは道理だ。

第8位　「本人」というタスキ（25・6％）

公示前は氏名入りのタスキが違反になるため、「本人」というアイデア。しかし、意外に不評だ。「本人が参りましたよーッ」という上から目線を感じてしまう不快感もあるようだ。

以上が「『思わずシラケる選挙戦』ランキング」のワースト8だが、第9位は「非常に低姿勢な態度」。有権者は常日頃の態度を知っているだけに、選挙の時だけの低姿勢にしらけて、ドン引きする。これも道理。

この「低姿勢」には、おそらく土下座も入っているだろう。土下座は非常に有効だと聞くが、私はしらける方がノーマルな感覚だと思う。マスコミがこぞって土下座を報ずるのも、異様な行為として揶揄できるからだろう。まして、常日頃はふんぞり返っている男性候補者や、常日頃はエリート臭をまき散らす女性候補者や、そんな人たちが土下座する「見せ物」はめったにあるものじゃない。

本誌（『週刊朝日』）の九月十一日号で、政治評論家の森田実さんが、「今の自民党には、国民のために一身をささげるという政治家がほとんどいない」と語っている。

ランキングを見る限り、それは自民党だけではあるまい。「政治家のレベルが国民のレベルだ」という。「助けて下さい」と泣く大臣や、土下座する候補者を当選させるなら、国民がそのレベルだということである。

プリンプリンの桃太郎

「桃は秋の味覚」と言ったら、誰が信じるだろう。

秋田県鹿角《かづの》市は、桃の産地の北限と言われ、品種によって九月中旬から下旬が収穫真っさかり。世の人々が栗だの柿だのを食べている時、秋田の人は大きくて甘い「北限の桃」にかぶりついているわけだ。

実はこの私、鹿角の農園に桃の木を持っている。そのため、秋になるとプリンプリンの「北限の桃」がドカッと送られてくる。私がプリンプリンをご近所や友人たちに配ると、誰もがみんな言う。

「何で今頃……桃？」

そして、甘い香りとお姿の美しさと大きさに驚く。

鹿角市の「北限の桃」は一個が四五〇グラムなんてザラ。私が手にした中で最重量は、一個が五一五グラムあった。豊かな果汁はもちろんだが、二つに割ったら桃太郎が飛び出してきそうな、みごとなお姿。その上、皮が指でツルツルとむけるのである。

私はそんな桃を手渡しながら、さり気なく言う。

「私ね、秋田に桃の木を持ってるの。これは日本で一番収穫が遅い『北限の桃』なのよ。世話は専門家に任せて、私は食べるだけだけどね。オーホッホホ」

高らかに笑うと、みんなさらに驚いて言う。

「すごいわ、秋田出身とは知ってたけど、農園主なのね。ステキ」

私は「桃の木を持っている」とは言っても、「農園主」だとは一言も言っていない。だが、私が秋田出身ということと、「北限の桃」というロマンチックな響きに頭が混乱し、勝手に農園主だと思ってしまうのだ。

そこで、私は実状をバラすのだが、鹿角市の「クロマンタ倶楽部」という果樹農家グループが、毎年、桃とリンゴの木のオーナーを募っている。私はそれを『秋田魁新報』の記事で知り、桃の木のオーナーに登録した。

オーナーはリンゴも桃も一年契約で、何年でも更新できる。登録料は桃の場合、一本一万円からある。私は一本一万円のオーナーだが、収穫に行けない場合、四五〇グラム級の桃を約五十個も送ってくれる。

秋になると、我が家は桃のスープ、桃のパスタ、桃のサラダにケーキにサンドイッチはもとより、薄くスライスした桃に焼き肉をのせたり、すき焼きの溶き卵に桃のザク切りを加えたりで、友人知人が来るとみんな驚く。それはそうだろう。普通は松茸ごはんの季節なのだから。

そして今年、私は初めて収穫に行った。たった一本しかないとはいえ、自分の木になった桃を見たいし、摘み取りたい。

そして、仲よしの編集者四人に声をかけた。私たちは各人の名前から一文字ずつ取って「真夜中の会」という集まりを作っている。集まっては真夜中まで飲んでいるだけの、何の生産性もない会だが、みんな案の定、「北限の桃」というロマンチックな響きに異様に反応し、たちどころに鹿角行きが決定した。

ところが、ヤツらはいつでも私に任せっ放しなのだ。普通、編集者というのは細やかな気配りと共に、あらゆる手配はすべてやってくれるものだ。が、ヤツらは四人とも全然働かず、乗車券の手配からホテルの手配、そしてスケジュールを立てるのも変更も、好みの食事を聞いてセッティングするのも、全部、私が一人でやるのである。あげく、ファックスが来て、

「いつも綿密なお世話、痛み入ります」

だの、

「次回は必ずや私が会のために身を捧げるつもりでおります」

だのと、口ばかりは毎回イッチョ前。こんなヤツらに私のプリンプリンの桃太郎をタダで与えるのも腹が立つが、私の入院中はみんな死ぬほど心配してくれたので、「ま、いっか」である。

こうして九月中旬、五人で盛岡から各駅停車の花輪線に乗り込んだ。

窓の外は黄金色の稲田が広がり、満開のコスモスが風に揺れている。山々はほんの少し紅葉し、その下を中学生が自転車で走っていく。ゴトゴトと各駅停車に揺られるなんて、何年ぶりだろう。それも車両は一両だけというのどかさ。何ら働かない編集者たちも、東京で見せる顔とは別人の、ふわあっとした表情で窓外を眺めている。こういう姿を見ると、私も嬉しくなって、何でも許せるのだから損な性分だ。

二時間ほど各駅停車に揺られ、やがて十和田南駅に着いた。私の桃の木は、佐藤秀果園という広大な農園にある。見渡す限りの農園の中、私の木は一本だけというのは少々ナンだが、本当の農園主の佐藤一さんが、

「ほら、これが内館さんの桃の木ですよ」

と指し示す。艶々の桃色に熟れた実が、二百個近くもたわわ。そのお姿の美しさ、品格は他の木を圧倒している。私はうっとりと眺め、編集者たちに言った。

「ねえ、私の木って他の木より品格に満ち満ちてると思わない？」

ところが四人は、早くも摘むのに夢中で、私の言葉なぞ聞いてもいない。佐藤さんに摘み方を習い、籠《かご》にバカスカ入れて行く。一人は脚立に上り、上方の実までバンバン摘む。私の桃の木だっていうの！　まったく、こういう時だけよく働くんだから。

結局、百五十個近くも摘み、収穫後は佐藤ご夫妻と仲間たちが、桃の木の下でかづの牛のバーベキュー大会を開いてくれた。あまりのおいしさと楽しさに、編集者たちは口をそろえた。

「そうだ、『真夜中の会』で木を一本買おう。それでまた来年も来ようねッ」

それでまた来年も私が働くのかい？

頼む時だけ

九月十二日付の『岩手日報』に、強烈な見出しがあった。

「だから盛岡は嫌われる」

岩手県の地元紙が、この見出しをつけるというのはタダごとではない。

驚いて記事を読むと、二〇一六年開催の岩手国体の主会場地誘致をめざした盛岡市は、県内の市町村に平身低頭して協力を求めたという。しかし、主会場は北上市に決まった。盛岡市はさんざん平身低頭して頼んだというのに、お礼を「文書一枚」ですませていたそうだ。

それが市議会で問題になった。市議の兼平孝信さんは「頼む時に頭を下げたのなら、お礼も訪ねて行くべきだ。それをしないから盛岡は嫌われるのではないか」と批判。つまり、こんな礼儀知らずの非常識だから盛岡は嫌われて、主会場が北上市になったのだろうと皮肉っているわけで、この批判は非常にまっとうだと思う。

実は、私も似た思いをしたことがあるのだ。

ある時、三十代の男の人から頼みごとをされた。彼は高学歴で一流企業の、エリート社会人だ。私は彼をとても買っていたし、頼みごとの内容を聞き、役に立てそうな気がして引き受けた。その後も、彼は熱心に状況を聞いてきたり、相談してきたり、「何とかよろしく」と一生懸命だった。

そして数か月後、私はその頼みごとに最もふさわしいAさんという人を、彼と引き合わせた。ここに至るまでの間、私は公私共に忙しい時期だったのだが、引き受けた以上は責任がある。

Aさんにも彼の状況を細かく伝え、紹介して迷惑ではないかと、幾度も確認。さらには彼にもAさんのことを細かく手紙で知らせた。そして、二人を会わせる席には私も同席した。こんなに親身になったのは、初めてである。彼を非常に買っていたからに他ならない。

引き合わせた翌日、彼からお礼のファックスが入ったが、以来二か月、何の音沙汰もない。私としてはAさんとの連携がうまくいっているのか、あるいはAさんとはめざす方向が違うのか等々、様子が気になる。だが、進捗《しんちょく》状況は当然連絡してくるはずだし、私からは電話をしないでいた。

そして二か月後、私はたまたまAさんと会った。すると、

「彼から報告が入ってると思いますが、あれ以来、メールでずっとやりとりし、昨夜も会い

ましたし、来月も会います。まだ不明な点はありますが、今のところうまく運んでますよ」と笑顔で言うではないか。私の仰天したことといったらない。

確かに二か月前のお礼のファックスには「メールアドレスを交換した」とは書いてあったが、常識的にはその後、「メールでやりとりが進んでいます」とか「来週、会うことになりました」とか、その程度は電話なりメールなりで、私に知らせるものだろう。

やりとりの内容ではなく、Aさんとの連携がうまくいっているか否かは、紹介者に伝えるのが常識であり、礼儀ではないか。

進捗状況をAさんから初めて聞いた私の驚きを見て、Aさんは、

「もしかして、彼から何の報告もないんですか」

と呆れたように言った。私はあいまいにごまかしたが、猛然と腹が立った。三十代にもなって、こんな常識も知らないのかとガックリきた。

その時、私はかつて対談でお会いしたP氏の「激怒」を思い出していた。

P氏は、知人に「息子の就職」を頼まれたそうだ。その知人は具体的に志望企業名も言い、必死だったという。P氏は社会的地位もあり、人脈も豊かな人で、その企業の上層部とも親しい。そこで、わざわざ人事担当役職者を訪ねて頼み、後日、知人親子に引き合わせた。むろんP氏も同席して口添えもしたという。

ところが、その後どうなったのかナシのつぶて。「就職」となると企業側も簡単には答えを出せまい。P氏はそう思い、様子を聞くことをためらっていた。

すると何か月か後に、件《くだん》の人事担当役職者と会議だかで会ったという。役職者はP氏に近寄り、

「あれから何度か本人と会い、親御さんも訪ねて来て、バイトで雇って様子を見ました。それで先月、内定を出しました。え？　報告ないんですか」

と呆れたそうな。

P氏は対談で、私に言った。

「あんなに立腹したことはありません。親も親なら子も子。いいトシして非常識です。普通は、その役職者を再訪したとか、バイトに雇われたとか、適宜報告すべきです。それが内定しても言って来ない。頼みごとをする時だけ平身低頭して、泣きついて、あとは報告さえないっていうのは、人として社会人として、最も恥ずかしいことのひとつだと思いますよ」

その非常識な親子は、人事担当役員に注意され、慌てて商品券を持ってP氏の会社にやって来たという。が、P氏は秘書を通じ、お引き取り願ったそうだ。人脈というものは、こうして一瞬のうちに失われていく。

先の『岩手日報』によると、盛岡市はお礼を文書一枚ですませたことを「多忙だった」な

どと、とんでもない釈明をしていたようだが、今後、改めてお礼回りを行うことにしたという。

読者の中には、わざわざ時間を取らずとも文書一枚でいいし、そういう時代だと言う人もあろう。だが、いかなる時代にあっても、するべき挨拶の形というものは厳然とあり、なすべき礼儀というものは変わるまい。

そして、批判や注意をされて慌てて挨拶しても、多くの場合、覆水は盆に返らない。

魚になるまで泳げ

日本水泳連盟名誉会長の古橋廣之進さんが、ローマで客死されたのは、この夏の八月二日。すでに三か月近くがたつのだが、メディアは古橋さんのことを取りあげ続けている。現代日本では、ものすごいスピードで何もかもがたちどころに風化するというのに、今も追悼企画があったり、人となりを語る記事が出たりするのは、古橋さんのすごさを物語る証拠だ。

私は二〇〇五年秋に、たった一回だけお目にかかっている。

当時、私は月刊『潮』で連載対談のホステスをしており、それは四年間続いたのだが、その最終回に、何とか古橋さんをお迎えしたかった。古橋さんは「悪いものは悪い。しちゃならんことは断固しちゃならん」と明言される人だ。そんな大人が激減しているだけにぜひお会いして、お話を伺いたかったのである。

担当編集者の北川達也さんがどう口説いたのか、古橋さんは対談をお受け下さった。その内容は『おしゃれに。男』(潮出版社)に収録されているが、古橋さんは対談会場に入って

こられるや、

「なぜ僕と会いたいなんて思われたんですか」

とおっしゃる。私はつい、

「頑固一徹だからです」

と答えてしまい、せっかく口説いた北川さんは酸欠状態で硬直。当の古橋さんはカラカラと笑い、堂々たる体軀で、

「僕は正当なことを言ってるつもりなのに、いつでも『あの頑固親父が』となる」

と、そうおっしゃるだけでもすごい迫力と目力《めぢから》。そりゃあ恐くてカッコいい。

私は過去、ある二つの「事件」に対し、古橋さんが取られた態度に、快哉を叫んでいた。若い人に向かい、正面から「ならぬものはならぬ」とガツンとやる大人が、まだ日本にはいたのだと思った。そして、それ以来ずっと、いつかお目にかかりたいと熱望していたのである。

その二つの「事件」とは、ひとつはアトランタ・オリンピック（一九九六年）の時のことだ。一人の女子水泳選手が「楽しんできます」とコメントした。メダルへの期待が過熱する世間に先手を打ち、「楽しんできます」というコメントは鮮烈であった。

が、私はこれを公に言うのは、オリンピック選手としては無自覚だと思っていた。すると、

古橋さんが、「楽しむというのは違う」とガツンとやった。世間もマスコミも「楽しんで何が悪い」とか「頑固で古い」とか叩きまくったが、古橋さんは動じず、対談でも私に断言された。

「やはり国費を使って行くわけですから、その自覚が必要です」

もう一件の「事件」は、某大学の女子水泳部の行為である。日本学生選手権大会の公式パンフレットには、参加各大学の選手の集合写真を載せることになっていた。が、その女子水泳部は、自分たちの写真を載せず、部で飼っている犬の写真を載せたのである。

当時の水泳連盟会長として、古橋さんは猛然と怒った。公式大会への冒瀆《ぼうとく》、公私の区別もつかない幼稚さなどを叱り、またしてももののわかりのよろしい世間とマスコミに叩かれまくった。しかし、古橋さんは一歩も譲らなかった。

この時のことについて、対談では次のようなやりとりがあった。(『おしゃれに。男』より)

古橋 マスコミはじめ、「ユーモアがわからないのか」とか「若い人は天真爛漫でいい」とか、僕はさんざん叩かれましたよ(笑)。

内館 あんなもの、ユーモアでも天真爛漫でもない。状況を理解できない、単なるバカですよ。それを、マスコミをはじめ支持する人たちがいる中で、古橋さんはよくぞ頑張ってくださったと思いました。

古橋　いや、僕にしてみれば、正義感で行動してるんですよ。犬の写真なんか載せられては、必死に練習をしてきた選手たちが気の毒です。公式試合というものは、そんな軽いものじゃない。

「単なるバカ」と切り捨てた私に比べ、古橋さんの「軽いものじゃない」という言葉には目がさめた。

いつの頃からか、日本では「軽さ」が評価されるようになった。重いものを重くとらえて深刻になるより、ちょっと外して軽く考える方が、人として「自然体」だというような。「楽しんできます」というコメントにもそれを感じる。たとえ陰では猛練習していても、表面では外してみせる。古橋さんはおそらく、そういう態度を潔しとしなかった。オリンピックや公式試合や、重いものは重いものとして、真っこうからとらえよと。

犬の写真を載せることにしても、ちょっと外して軽く見せることは、ややもすると「おちょくり」にとらえられる。やはりこれは「やっちゃいかん」ことのひとつだろう。

対談終了後、私は色紙にサインをお願いした。対談相手にサインを頼むなんて掟破りだが、私は「古橋語録」の中で大好きな言葉があり、どうしてもそれを書いてほしかった。

「魚になるまで泳げ」

そう書く古橋さんを前に、私はスーツの袖口からのぞく手首を改めて見つめていた。日に焼けて雄々しい手首は、とても七十七歳のものではなかった。この手で、この腕で、古橋さんは重いものを重いものとして正面から受けとめ、魚になるまでひたむきに泳いできたのだと思った。

かつて、リリー・フランキーさんが何かに書いていた言葉を思い出す。

「ひたむきさがなくなれば、人は下品になる」

フジヤマのトビウオは、気品に満ちた水と陸の生涯を終え、空に翔んで行った。

「正食」って何？

今、宮沢賢治を読み直している。『銀河鉄道の夜』、『よだかの星』、『なめとこ山の熊』、『風の又三郎』等々、このトシになって読み返すと、以前には何とも思わなかったところに反応したりして、とても面白い。

『注文の多い料理店』の序には、次のようにあった。

「（わたしたちは）きれいにすきとほった風をたべ、桃いろのうつくしい朝の日光をのむことができます」

これもかつては読んだ記憶さえない。

だが、私は盛岡市の岩手医大に入院中、最大の楽しみは、窓から岩手山を見ることだった。夜明けから夕暮れまで、一日に何回見たかわからない。窓を開けると、「すきとほった風」や「桃いろのうつくしい朝の日光」が流れ込んでくる。賢治を読み直して初めて、あれはきっと私を治癒させる食べ物や飲み物だったのかもしれないと思った。

ところで、私は本コラムに、親しい編集者たちと秋田県鹿角市で「北限の桃」を摘んだと書いたが、農園は盛岡から花輪線に乗って行く。あの時、せっかくだから早めに盛岡に行き、市内見物をしようと計画を立てたのである。

すると、編集者の一人が、

「見物より先に、『盛岡正食普及会』に行って、頼まれたロシアビスケットを買いたいのよ。買わずに帰ったらエライことになる」

と言う。私が、

「『正食』って何？　ビスケットを売ってるってことは、ケーキ屋さん？　私は入院中に盛岡の情報をかなり得てるけど、『正食普及会』なんてケーキ屋さん、聞いてないなァ」

と言うと、彼らの誰も行ったことがなく、どんな店なのかわからないと言う。

ただ、「盛岡正食普及会」の「ロシアビスケット」は東京でも有名だそうで、かつ、ＰＲは一切せず、盛岡のそこでしか手に入らないらしい。なるほど、「手ぶら」で帰ってはエライことになるのもわかる。

私たちはタクシーを止め、

「盛岡正食普及会まで」

と告げた。すると運転手さんは、

「それ、宗教団体ですかね。ＰＬ教団なら、場所わかりますけど」

と言う。確かにケーキ屋さんというよりは、宗教団体のような店名だ。

住所を頼りにしばらく走り、タクシーは土蔵造りの古い家の前で止まった。黒漆喰《しっくい》の堂々たる土蔵である。後で調べたところ、元々は明治の盛岡大火後に建てられた呉服問屋だったという。腕のいい職人が手間暇をかけて造り上げたといわれ、当時の豪商の雰囲気を今に残している。

であるからして、昔ながらの木製の引き戸がピシャリと閉まっている。明るいショーケースが開放的な現代風路面店ではないのだ。私たちは「当時の豪商の雰囲気」にビビってしまい、おそるおそる引き戸を開けた。

店内に入るや、今度は棒立ちである。明治時代には呉服を並べていたであろう店内は、パンや雑穀、玄米、うどん、餅、団子、梅干し、調味料、スープ等々で埋めつくされている。いずれも無農薬、無添加のものばかりである。店内の造りも昔のままなのだろう。高い天井、小さな窓、漆喰の壁、百年以上経てもなお、それらが現役である。私たちはすっかり興奮していた。

女主人はとても八十代には見えない艶々の肌と、きれいなフェイスラインを持つ人だった。

編集者が、

「ロシアビスケットを」

と言うと、とっくに売り切れ。いつもすぐ完売するそうだ。「手ぶら」で帰ってはエライことになると、編集者が青くなっていると、一時間ほどでもう一度焼きあがるという。私たちはその間、女主人と話したり、他の買い物をしながら、丁寧に商品を見て回った。

聞けば「正食」とは、「正しい食事」の意味だという。それは無農薬の野菜や穀物、無添加の加工食品が基礎になる。そういう「正食」を世に普及させようという考え方であり、まさに「正食普及会」の名の通りだ。それはおそらく「オーガニック」とか「ナチュラル」とか「マクロビオティック」などに重なると思われ、その方が今は通りがいい。だが敢えて、「正食」とするあたりに、賢治の故郷岩手の矜持を感じる。

私は話を伺いながら、ずっと女主人を見ていたのだが、とうとう彼女に、

「すごくお肌がきれいですけど、何か特別なことをやってらっしゃるんですか」

と訊いた。すると、

「いいえ、何も。ただ、玄米食で、この店にあるような自然で素朴な物を食べて、肉食はしません」

と控えめにおっしゃる。

私はその時、またふっと思い出したのだ。賢治の、

「きれいにすきとほった風をたべ、桃いろのうつくしい朝の日光をのむことができます」

という一文を。

きっと、この美しい女主人は、地元の自然で素朴な物を何十年も食べ続け、地元のすき通った風や桃色の朝の光を体に入れてきたのだろう。どこの地方の人であれ、それが正食メニューの一品なのではないか。

焼きあがったロシアビスケットは、縦九センチ横六センチの大きなもので、ゴマやクルミなどが入っており、五枚で六百円。

「すごく堅いので、しっかり噛むから一枚で十分にお腹が一杯になりますよ」

と女主人が微笑む。これはダイエットにもいいと、私たちは買いしめてしまった。

後から次々に来た客は買えず、不満げに私たちを見る。私は心の中で、「あなたたちは岩手山からの風や光があるでしょ。ごめんね」と言いながらも、全員で逃げたのでした。

いとお菓子

私が横綱審議委員になって最も驚いたことのひとつが、委員会で出される「和菓子」だった。

委員会は年六回、毎場所の千秋楽翌日に開かれるのだが、各委員の前には、日本茶と和菓子がひとつ載った銘々皿が置かれている。

この和菓子が、毎回毎回季節に合ったものなのである。初場所だったら葩餅《はなびらもち》や少し季節を先取りして、梅にちなんだものが出たりする。三月下旬の委員会では桜や春の花鳥にちなんだものになり、七月の名古屋場所後には葛を使った涼し気な夏菓子などが出る。秋場所になると菊や紅葉をかたどったものや、栗や柿などを使った和菓子が秋を告げる。

私はこんな風に、四季にこだわった和菓子を供する相撲協会に驚いたのである。おそらく、協会の女性職員のセンスであり、気遣いによるものであろうと思うが、「伝統社会」の面目躍如ではないか。ケーキとコーヒーを避けるばかりか、一年中通用する種類の和菓子も避け、四季を表すものばかりを選んでいる。私はそこに、相撲界という伝統社会の心意気の一端を感じるのである。

私は大変な和菓子党で、銘菓と呼ばれるものからパック入りのコンビニ団子まで、とにかく和菓子が好きなのだが、さらに好きにさせられたのが、名前である。

和菓子はひとつひとつにすべて名前がついている。それも、ある季節にだけ登場するものには、その季節に応じた美しい名前が与えられている。

新春や春浅い季節には、前出の「葩餅」があるし「鶯餅《うぐいすもち》」や「玉椿」もある。

春がたけなわになるにつれ、「桜餅」や「花筏《はないかだ》」や「若緑」などという和菓子が出てくる。初夏には「登り鮎」も「青梅」もあり、梅雨には「あじさい」が店頭に並ぶ。盛夏なら「苔清水」やら「夏の霜」やら、何と美しい名前だろう。もちろん、秋の「初雁《はつかり》」や冬の「風花」等々、優雅で美しい名前ばかりである。

小さな菓子ひとつに対し、これほどまでに心を砕いて名前を与える日本人。その精神性と文化性は誇るべきものだと思うし、以前に読んだ『菓子屋のざれ言』（黒川光朝著）にあった一文は、そんな誇りを裏づけるものだった。

「西洋のお菓子にも名前はありますが、ビクトリヤ女王とか、凱旋門とか殆んど人名か地名であります。春夏秋冬の名前がありますのは日本菓子だけであります」

二〇年ほども昔、地方都市の小さな店で、「茗荷《みょうが》の花」という和菓子を見つけ、買ったことがある。確か淡黄色の練りきりだった。味も姿も忘れてしまったが、日本人は野菜の花にまで心を配るのだと感嘆したことは、今でもハッキリと思い出す。事実、『歳時記』を開くと、野菜の花がことごとく季語として載っている。野菜の「実」ならともかく、「花」をも季節の一員として認める日本人の心は、本当に繊細で優美だと思う。

ところが昨今、「スイーツ」というミもフタもない言葉が市民権を得て、大新聞までが平気で書く。

女性誌などでは和菓子を「和風スイーツ」と書くことも少なくない。こう書く編集者や記者は、いくら何でもガサツすぎないか。野菜の花までを季語として網羅し、小さな菓子にまで四季の名を与える、繊細で優美な精神文化と比べ、あまりに無神経ではないか。春の菓子も秋の菓子も、団子もあんみつもみんなまとめて「和風スイーツ」だ。

「スイーツ」なんぞという言葉は、洋菓子にも遣ってほしくないが、特に和菓子には最も不似合いだということくらい、気づいて当然だろう。

ただ、ふと思うのである。甘いものをまとめて「スイーツ」と呼び、何の違和感も覚えないのは、日本人が四季に関して鈍感になっていることが一因ではないだろうかと。日本文化には四季が大きく影響していると考えると、それに鈍感になれば「スイーツ」と平然と言えるのもわかるのである。

　むしろ、外国人の方が日本の四季の美しさを認識している。名古屋の和菓子所「両口屋是清」が『いとをかし』という季刊冊子を出しているのだが、この秋号で写真家のジョニー・ハイマスさんが、同社の篠田尚久社長と対談をしている。英国人のハイマスさんは日本在住三十五年余。そして、次のように語っている。

「日本に来て初めて、春夏秋冬の移り変わりを目の当たりにし、その美しさに衝撃を受けたわけです」

　そして、鈍感になってしまった日本人なら、気づきもしないかも……と思われることに言及している。

「日本で生活するうちに、たくさんの季節があることに気づきました。春だけでも初春、仲春、晩春に分けられる十二節気。それからもっと詳しく分けることのできる二十四節気。繊細な季節の移ろいですね」

「和風スイーツ」という言葉に市民権を与えるほどガサツになった日本人の、どの程度が十二節気や二十四節気という移ろいを認識しているだろうか。そう考えると、日本文化が壊滅するのはそう遠くない気さえしてくるのである。

　篠田社長は同冊子で「下萌《したもえ》」という早春の和菓子について話している。

「土があり、雪があり、その下にある緑の芽吹き。下から新しい命が萌えだしてくるさまですね。これが和菓子による季節の表現です」

この発想には圧倒される。だが本来、日本人はここまで季節に繊細なのだ。

次の横綱審議委員会は、十一月下旬。師走の匂いをまとった和菓子が出されるだろうか。

また「孤独死」ですか

音楽プロデューサーの加藤和彦さんが亡くなった。現場の状況などから、自殺だと報道されている。

テレビの情報番組で、このニュースを見ていたら、案の定と言うべきか、またかと言うべきか、「孤独死」という方向に持っていこうとしていた。

「ミュージシャンとして音楽プロデューサーとして華やかな活躍をされていましたが、三度の結婚は不幸な形で終わり、私生活は孤独なものだったようです」

という内容のナレーションや、

「うつ病を抱えていたそうですが、心を割って話せる人もいなかったのでしょうか。たった一人でこんな形で亡くなるなんて、華やかな活躍の陰の淋しさに、胸が痛みます」

という類のコメントが耳に入る。

興味深いのは、ほんの三か月前、私たちはこれと寸分違《たが》わぬナレーションやコメントを耳にしていることだ。

そう、女優の大原麗子さんが病死された時にだ。大原さんの場合、独り暮らしの自宅で亡くなられ、発見されたのは何日かたってからだった。あの時の報道も「孤独死」という方向づけが目立った。そのナレーションやコメントは、加藤さんにおける「音楽プロデューサー」を「女優」と変え、「三度の結婚」を「二度の結婚」にし、「うつ病」を「ギラン・バレー症候群」と変えれば、寸分違わない。

私は加藤さんとも大原さんとも面識がないので、本当のところはまったくわからないが、他人が「孤独死」にしたがるのは、あまりにも発想が貧困で、何よりも僭越《せんえつ》ではないか。実業家であれ政治家であれスポーツ選手であれ、第一線で華々しく活躍していた人が、実は私生活では孤独だったとして、ドラマチックにしたい気持ちはわかる。だが、それはありきたりな、安っぽいドラマである。独りで死んだ人には誰彼かまわず、万人に使い回せるナレーションやコメントを使う。それは、「独りで死ぬことイコール孤独」という非常にステレオタイプな、貧しい発想でしかない。

私はスペインの建築家、アントニオ・ガウディが好きで、彼の建築物を見るためにスペインにも行き、ある時期は彼について書かれた本もずいぶん読んだ。

ガウディは「天才建築家」と称され、サグラダ・ファミリア聖堂やカサ・ミラ等、多くの有名な建築物を造った。それこそ、第一線で華々しく活躍し続けていたのである。しかし、私生活では生涯独身で、七十二歳の頃にはサグラダ・ファミリア聖堂の建築現場にベッドを持ち込み、そこで寝起きしていた。仕事一筋の老人だったと考えられる。

そして七十三歳のある夕方、ガウディはいつものように、「自宅」ともいえる建築現場から教会のミサに出かけた。そしてその途中、路面電車に轢《ひ》かれる事故に遭った。

ガウディは仕事のことで頭がいっぱいなのか、建築現場で暮らしているせいなのか、あるいはアドバイスする家族がいないせいなのか、いつも身なりにはかまわなかったという。電車に轢かれた時も、汚い格好をしていたそうで、事故現場でも病院でも、まさか、このみすぼらしい老人が「天才ガウディ」とは思わなかった。一九二六年のことであり、いくら華々しい地位の天才でも、今と違ってテレビや雑誌で世間に顔を知られているわけではない。

その「みすぼらしい老人」はろくな手当てもしてもらえず、大部屋に突っ込まれた。そして、亡くなった。身元がわかるまで何日かかかったというが、悲惨な事故死にはスペイン国王も深く悲しみ、国葬を執り行っている。

もしも現代日本で、著名な七十三歳がこの死に方をしたなら、メディアはおそらく一斉に「孤独死」と報じ、「華やかな活躍の陰にある淋しさ」とか「胸が痛みます」などという言葉を重ねるだろう。ステレオタイプのコメントは死後八十五年にもなろうかというガウディにも使い回せるのである。

さらにガウディの死に関しては、報じる側をより一層燃えさせるドラマがある。ジュゼップ・マリア・ジュジョールという建築家の存在だ。

ジュジョールはガウディの優秀な弟子で、片腕として献身的に支えていたという。ガウディの名で発表された著名建築物は、ジュジョールの力なくしてはありえないというほど、その働きは大きかった。しかし、ケタ違いの「天才ガウディ」の陰で、知名度も低いまま人生を終える。現在は、彼の評価が高まっているとも聞くが、それでもガウディの名はあまりにも大きい。

しかし、ジュジョールにはあたたかな家庭があった。愛する家族や孫に囲まれた晩年があった。建築家としては、天才の影武者であっても、建築現場で生活して路面電車で轢死《れきし》する人生とは対極の晩年だ。現代日本ならば、二人を比較し、ガウディの「孤独死」をこれでもか！　と方向づけすることが想像できる。加藤さんや大原さんの報道を見ていると、そう想像せざるを得ない。

だが、ジュジョールよりガウディの方が孤独だと、他者が言い切るのは僭越である。建築現場にベッドを運び込むほどのめり込む仕事を持ち、七十三歳まで第一線にいられる幸せというものも、確かにあるのだ。それはあたたかな家族との人生がすばらしいのと同じく、すばらしいものだ。私はそう思う。

加藤さんも大原さんも、あれほどの仕事を残した。色々なことがあったにせよ、ジュジョール型とは別の幸せを得た人たちだと思う。

フォーマルな意識

先日、東京都教育委員会の委員や関係者と、都立戸山高校を訪問した。

ここはトップクラスの進学校だが、配付された資料に「重点目標と方策」という六項目があり、その中の一項に私は膝を打った。

「儀式的行事等におけるフォーマルな意識を身につけさせる」

私は内田和博校長の方に身を乗り出し、言った。

「これはものすごく大切です。頭がいい上に、この意識を身につけたなら、戸山出身者は鬼に金棒です。先生、フォーマルな意識を叩き込んで下さい」

私の「叩き込む」という激しい言葉に、内田校長は驚いていらしたが、木村孟《つとむ》教育委員長が、

「確かに、この意識は最近の日本人に最も欠けているひとつです。英国では何かの場に出る時は、日常とは違えてみごとにビシッと正しますからね」

とおっしゃった。木村委員長は英国生活を経験され、東工大学長として海外に精通しておられるだけに、両国の若者状況に、大変な説得力がある。

私でさえも「叩き込め」と言うほど、最近の日本人の「儀式的行事等におけるフォーマルな意識」は極端に低く、かつ乱れていると思う。

この「フォーマルな意識」には、言葉遣いや態度など数々の要素があるが、最もわかりやすいのは、やはり服装だろう。意識は服装に端的に顕《あらわ》れる。

私が激怒したのは、二〇〇五年の大相撲名古屋場所において、内閣官房副長官がクールビズのだらけた服装で土俵にあがり、内閣総理大臣杯を授与したことである。

土俵は聖域である。表彰式は儀式である。親方衆は黒紋付の正装で居並ぶ。そこにクールビズでのうのうとあがる無知と無恥。これが国技に対する国会議員のレベルなのだ。

私は横綱審議委員会で、協会に食ってかかった。

「なぜ、着がえてくれと言わなかったのか。あるいは、お引き取り願うべき。相撲協会にとって、土俵はその程度の聖域なのか」

これに対する協会の回答は答えになっていなかった。

「国会議員のレベルは国民のレベルを示している」と言われる。官房副長官のレベルを見れば、国民の意識の欠如と乱れは推《お》して知るべしだ。

その一例として、ある専門誌に連載企画があった。その道のプロが、シロウト集団に指導する企画である。私も当時、その専門誌に連載を持っていたので、毎月読んでいたのだが、ともかく目に余る。プロを迎えるシロウト集団の服装がだ。どのプロも毎回、スーツにネクタイで訪問し、指導する。ところが、指導される側はヨレヨレのTシャツや膝の出たズボンや、ゴミ捨てに行く格好である。

ある時、名うての一流大学の学生たちが指導を受けた回を見て、ついに私の堪忍袋の緒が切れた。そして、私自身の連載の中に「無礼だ。教えを授ける側がスーツにネクタイで、教わる側がヨレヨレのTシャツ。恥を知れ」と書いた。関係者からは「よくぞ書いてくれた」と礼を言われたが、当の一流大学の学生たちは編集長に抗議したそうな。

「内館の文にはムカつく。こっちはわざわざ雑誌に出てやってんじゃねえか」

世も末である。私は以来、監督をつとめる東北大相撲部員にはドレスコードを叩き込んでいる。

また、テレビのニュースで見たのだが、映画ロケに協力してもらう若い監督とスタッフが、どこだかの市長を表敬訪問していた。彼らの格好というのが、ヨレたジャンパーだかトレーナーだかにジーンズ、はきつぶしたスニーカーである。これでは「表敬」にならない。制作現場から駆けつけるにせよ、着がえるのが当然。表敬訪問は最初からスケジュールに入っているであろうし、それなら着がえを持ってくるのも当然だ。

まだある。私が知人の米寿のパーティに出席した時のこと。ホテルのディナールームは花で飾られ、五十人ほどの客が会にふさわしい服装で食事を楽しんでいた。すると、三十代の男の人が遅れて入ってきた。

「会社の会議が長引いてスンマセーン」

と言った彼は、薄汚い大きなリュックに、白いのか黒いのかさえわからぬ靴、毛玉だらけのセーターにコーデュロイのハゲたズボンである。会場は一瞬シーンとなり、米寿の主役は露骨にイヤな顔をした。

現実に先日のテレビニュースでは、正社員の職を求める若者に、ハローワークの職員が教えていた。

「面接にはスーツで行くこと。スーツか否かで違う」

かつて、横綱朝青龍が四か月の謹慎の後、横綱審議委員会に謝罪した。その後、私は多くの方々から手紙をもらっている。それは、

「あれほどの事件を起こして謝罪するなら、黒紋付で謝るべきです」

というもの。朝青龍は色紋付だった。

また、カメラマンへの暴行等で三日間の出場停止になった露鵬が謝罪した時も、「師匠と

共に黒紋付で謝るべき」とした関係者も複数いた。あの時、師匠はスーツ、当人は色紋付だった。

最近では、覚醒剤がらみで法廷に立った高相祐一被告が「そうっすね〜」などという言葉遣いをすることが、裁判官の心証を悪くしていると報道された。

服装にせよ言葉遣いにせよ、日常とは違う場でのあり方を、昔の大人は教えていたのだと思う。そして子供や若い人はそれを素直に聞いていたのだ。教えることをしないばかりか自分も知らない大人、そして大人の言動をせせら笑う若者や子供。日本はひどいことになっている。

都立戸山高校の教育方針に、拍手を送りたい。

往生際の悪いことね

『週刊ポスト』の十月二十三日号に、作家の奥田英朗さんがとても面白いエッセイを書かれていた。

それは「過剰な丁寧語は舌を噛む」というもので、「『お戦いになるお覚悟がおありですか』――。この珍妙な日本語を聞いたとき、わたしの中で東国原英夫宮崎県知事のランクが二つぐらい下がった」

同知事が自民党から衆院選出馬を打診された際、自分を総裁候補にすることを条件に出し、この言葉を発した。奥田さんは、

「『お』はひとつで十分。『戦う覚悟がおありですか』。こう言えば、少しは知的な知事に見えたのだ」

と書く。さらに、会社や職業に「さん」をつけることにも馴染めないと書いている。たとえば「朝日新聞出版さん」とか「NHKさん」とかだ。また「カメラマンさん」とか「ライ

ターさん」とかであり、特に職業にまで「さん」付けをすることは明らかに行き過ぎだとし、「言葉の厚化粧と言うしかない」と断じている。すべて同感である。

今、私が一番カンにさわるのは「かな」という言葉である。

これにはかなり以前からムカついていて、昨年の十月二十四日号の『週刊朝日』本エッセイにも書いている。その時に例に挙げたのが、福田内閣で初入閣した某大臣のセリフである。せっかく初入閣したというのに福田内閣は短命に終わった。それに対し、その某大臣のコメントが『朝日新聞』九月二日付夕刊に載っていた。

「始めたばかりでこれからだったので、正直、ちょっと残念だったかなと思っていますが(後略)」

というものだ。なぜ「ちょっと残念だったと思っています」と断言しないのか。

もう一例として挙げたのが、福田首相辞任表明後に麻生太郎さんら数人が立候補した自民党総裁選の時である。九月四日の夜七時のNHKニュースでは、自民党幹部たちが、

「みごたえのある総裁選になるのかなと思っている」

「(総裁候補者が)論争する機会を作らないといけないのかなと思っている」

と語った。何なんだ、この「かな」は。不要!

従来、「かな」は言い切りに少し自信がなかったり、言い切らずに謙譲を示したりする時

に使うことが多かった。たとえば、

「最後に会ったのは十月だったかな」

「この活動が少しは役に立ったかなと思う」

という類だ。

しかし昨今の「かな」の使い方は、大臣や自民党幹部の例が顕著に示すように、「断定せずに、あいまいにぼやけさせる」というものだ。珍妙な使い方である。

大臣でもこのテイタラクであるからして、国民の「かな」の乱用はひどい。ためしにメモしてみたのだが、八月六日のテレビ朝日のニュースでは、初めて裁判員を経験した人が、

「改善点というのは見つからないくらいで、練りに練られた裁判員制度だったのかなと思いました」

と語り、日本代表のスポーツ選手は、九月九日に、

「得点にからめるようなプレーができればいいかなと思う」

と答え、別のスポーツでは、ベテラン選手の試合を見た若い選手が、

「試合の組み立て方とかうまいので、学ばないといけないのかなと思う」

と答えていた。そして、十月二十四日のスポーツ中継で、解説者は、

「ひとつひとつ丁寧にこなしたかなと思う」

と競技者を評した。

さらに十一月一日の日本テレビのニュースでは、大きな大会で優勝した選手が、

「思わぬプレゼントがついて来たかなって感じで嬉しいです」

と答え、十一月二日のフジテレビのニュースでは、「十八歳成人案」について街行く若い人が言った。

「(十八歳では)やっぱり、まだ大人になってないかなみたいな」

いずれも「かな」をつける必要はまったくない。

読者の中には、「これらも断定に少し自信がなく、また謙譲の使い方でもあり、正しい」と言う人もあろう。それなら次の例はどうか。いずれもテレビのインタビューに答えていたものだ。

「病気とかしたくないかなと思う」

「通り魔事件とか許されないかなと思うってか……」

「修理に出して元通りになり、よかったかなと思う」

「祖父が死んだばかりで、やっぱり淋しいかなと」

「残業代はきちんと出してほしいかなと思う」

「子供の通学路が暗くて親として心配かなと思う」

なぜ、「かな」がいるのだ。なぜ。すべて正しいことを言っているわけであり、断定するのに誰に遠慮がいる。往生際の悪いことよ。

ふと思ったのだが、「過剰な丁寧語」と「断定を回避する言葉」は、心理として同じ根っこから出ているのではないか。

不快感を与えないように、相手に悪く思われないように等々考え、つい過剰な丁寧語や断定の回避に行きつく。そんな気がしてならない。断定の回避という意味では「みたい」や「とか」「感じ」もそうだし、文章を書く際に自ら（笑）だの（泣）だの（苦笑）だのを記入するのもそうだ。本当に往生際が悪い。

奥田さんは、

「現代人よ、過剰な丁寧語はそろそろやめにしてはいかがか。みんなでやめれば怖くないはずだ」

と結んでいる。また、断定の言い方をしても、相手は「お戦いになるお覚悟」を感じて不快に思うはずはない。みんなでやめればいいかなと思う。ね、ヘンでしょ、このかなって。

挫折を引きずる

英国人語学講師のリンゼイ・アン・ホーカーさんの死体遺棄容疑で逮捕された市橋達也容疑者について、私が一番意外だったのは、彼が千葉大学を出ているということだった。

千葉大学はそう簡単に入れるところではない。かつては「国立一期校」に分類され、今も相当優秀でなければ合格できない大学だ。各界のトップクラスで活躍しているOB、OGも多い。

私は市橋容疑者の記事を読みながら、「千葉大に入れる頭を持っていたのに、もったいない」と思っていた。すると間もなく、同容疑者が取り調べに対し、

「両親は医者だが、自分は医者になれなかった」

「医者になりたかった」

と答えたという報道があった。

そして、容疑者の両親が会見に応じた。私は父親の次の言葉に関心を持った。

「息子は自分の経歴に触れられるのを非常に嫌っておりました。ですから、私もそれについては、ここでお話しできません」

一言一句この通りではないが、このような内容だった。

取り調べで息子が発した言葉と、父親のこの言葉を重ねると、これまでの状況が推測される。

容疑者は医学部に入りたかった。同じ千葉大でも、超難関の医学部を突破していたなら、自分に自信が持て、経歴も誇っただろう。彼は二十二歳で、千葉大に入ったという。その間も、医学部を受け続けて失敗していたのかもしれない。

会見で父親が、

「報道では息子を悪魔のように言いますが、私たちにとっては優しい子でした」

という内容を語っている通り、彼は優しくいい子だったのだと思う。であればこそ、親は医学部に合格できなかったことが不憫である一方、こんないい子が跡を継げない現実に落胆も大きかっただろう。

と同時に、息子が親に申し訳ないと思っていることも察していたはずだ。そのため、息子が嫌っている経歴には一切触れない類の気遣いをしてきたのだろう。

息子がこれまで定職につかず、親がかりで生きてきたことに対し、母親は、

「甘やかしていたと言われれば、そうかもしれない」

と会見で語っている。

あくまでもこれらの言葉からの推測だが、市橋容疑者は医学部に入れなかった時点で、人生が嫌になってしまったのではないか。

中にはきっと、「医者になることだけが人生ではない」とか「もっと別の世界があるのだから、視野を広く持て」とか「医学部を落ちたのは、神がもっとあなたに合う仕事があるよと示したのです」とか言う人たちがいるだろう。どれもその通りではあるが、挫折に苦しんでいる最中の若者には通用しない。

こう書くと、さらに「挫折こそ人間を大きくしてくれる」とか「失敗した者が、後に勝者になったりするのだ」とか言う人もあろう。これもすべてその通りだが、その境地に到達するのはジイサンとバアサンであり、挫折の最中の若者には通用しない。

そして、もし「大学受験の失敗を、市橋のように三十歳まで引きずるか？　引きずりすぎだよ。暗いヤローだな」と思うなら、それもその通りだ。が、これはその学部に思いが強ければ強いほど、引きずるのである。第二志望の大学や学部が世間的には一流であっても、本人には何の意味も持たないのである。自分は選ばれなかった、自分は望まぬ道を行くしかないのだという脱力。これればかりはいかんともし難い。

職業の場合もそうだ。私は「女優になれなかった」ことを引きずる三十代、四十代を何人も知っている。

もちろん、受験や志望職種に合格、採用できなかった人すべてが、そうだというのではない。が、その数は少なくはないように思う。そしておそらく、親たちは市橋容疑者の両親と同じに、子供のその部分に触れようとはするまい。

ただ多くの場合、子供たちは長く引きずっても、自力で挫折から立ち上がる。第二、第三志望の大学や学部でも「親が苦しい中から学費を出してくれているんだ」と自分を奮い立たせたり、ジジババくさい人生訓を自らに言い聞かせたりもする。「大学は二流だけど、絶対に一流の会社に入って、親を喜ばせよう」と誓うことがモチベーションになったりもする。意外にも、今時の若者であっても親を喜ばせたいという気持ちは非常に強い。

私は二〇〇五年八月に、相撲教習所の新弟子七十五人にアンケートを取ったことがある。「苦しい稽古やしきたりの中で、あなたは何を支えに頑張っていますか？」という質問に対し、七十五人中の実に五十二人が「親や家族のため」と回答している。

市橋容疑者が挫折から立ち直れなかったのは、やはり両親の金銭的援助が大きな要因のひとつではないか。

「パラサイト」なる言葉も流行したが、一般的には三十歳まで親に寄生できない。親に余裕がなく、子供は援助してもらうどころか、援助してやる側だとわかっている。そうなると、たとえ挫折を引きずっていても、現実を目の前に、何とか立ち直るしかないのである。

市橋容疑者は、建設現場で人の嫌がる仕事もいとわず働き、お金をためていたという。もっと楽な仕事で稼ぐ方法もあったはずだ。建設現場を選んだ裏には、色々と計算もあろうが、とにかくまともに働いた。

それを考えると、親が金銭的援助をせずに、二十代のうちに放り出していたなら、まっとうに頑張って生きたのではないかとも思うのである。

八月は夢花火

新宿二丁目に、「イノセント」という小さなゲイバーがあった。

ここは亡くなった藤本敏夫さんのお気に入りの店だった。藤本さんは加藤登紀子さんのご主人で、七〇年安保闘争を代表する学生闘士。その後、千葉の鴨川に「自然王国」を創り、自然農法を中心にさまざまな活動をしていた。

私は登紀子夫人公認をいいことに、本当によく藤本さんと飲み歩いた。ところが、彼は銀座で飲んでいようと、赤坂で飲んでいようと、六本木で飲んでいようと、必ず言う。

「これから『イノセント』に行って、締めよう」

私にしてみれば、赤坂や六本木は歩いて帰宅できる場所であり、夜更けにわざわざ新宿二丁目まで行くなんて冗談じゃない。そのため、毎回かたく断るのだが、さすが往年の闘士。絶対に折れない。

私もやがては「藤本さんとイノセントはセット」と腹をくったものの、自宅が見えているのに、新宿二丁目まで逆走するのである。

「イノセント」は雑居ビルの地下にあり、ゲイのママが一人でやっていた。ママは女装も化粧もしておらず、やや太めで、控えめで、口数が少なく、客を安らがせるタイプだった。藤本さんにママを紹介された昔、明るい笑顔に寂寥感の漂う人だなァと思ったことをよく覚えている。

　こうして毎回、夜更けにタクシーを飛ばし、「イノセント」に行く。そして毎回、藤本さんはカラオケのマイクを握る。曲はこれも毎回、井上陽水さんの「少年時代」である。

　ある梅雨の夜、誰も客のいない店で、彼はいつものように、

「夏が過ぎ　風あざみ
　誰のあこがれにさまよう
　青空に残された　私の心は夏模様」

と歌った。私は隣でビールを飲み、ママはカウンターの中で鏡に映した顔を見ていた。長雨のせいか、店の中はちょっと饐《す》えたような臭いがした。

　私は藤本さんが歌う「少年時代」を聴きながら、不思議な思いにとらわれた。

　というのも、それよりほんの一か月ほど前、私は女友達と海辺の街へ旅行したのである。五月の空はまっ青で、海は目を開けていられないほど輝いていた。私たちは自転車を借り、

海岸線に沿って走った。その時、女友達はずっと「少年時代」を歌っていた。
「夏まつり　宵かがり
胸のたかなりにあわせて
八月は夢花火　私の心は夏模様」
初夏の風と煌《きら》めく海と青空に、これほど似合う曲はなかった。むろん、もっと爽やか一辺倒の曲はたくさんあるが、「少女」の時代を忘却の彼方に置いてきた私たちであり、爽やか一辺倒は気恥ずかしい。「少年時代」は歌詞にも曲にも一抹の哀感があるのに、五月の健康的な風景によく似合った。
それからわずか一か月後、雨の降る夜更けに、饐えたような臭いがするゲイバーで、私は「少年時代」を聴いていたのである。そしてその時、この曲はこんな場所にもとてもよく似合うと、不思議に思ったのだ。
あの海辺の街の健康的な明るさ、輝きとは対極にある新宿二丁目の雨の夜更けだ。そんな両方に似合う曲なんて初めてだった。
「夢が覚め　夜の中
永い冬が窓を閉じて
呼びかけたままで

夢はつまり　想い出のあとさき」

鏡から目を離し、ママが言った。

「何よ、牧子チャン、うっとり聴いてるじゃないの」

藤本さんはマイクを置き、

「オー、やっと俺の歌の凄みにひれ伏したか」

と喜んだが、私は井上陽水さんの凄みにひれ伏していたのである。

「少年時代」という曲は失った時代を甦らせ、それが、共感を呼ぶのだと思われがちだ。しかし、ゲイバーの片隅で、私はそればかりでは決してないと思わされていた。もしもそれだけならば、単なるセンチメンタリズムであり、初夏のサイクリングには似合わない。また爽やか一辺倒であるなら、それはいわば「生の謳歌」であり、雨のゲイバーにはそぐわない。

おそらく、この曲の底辺にあるのは「八月は夢花火」という考え方ではないか。それはどんな年代の人でも、これから先に身にしみるだろう。つまりこれから先、死の床にあって「ああ、人生って短く、儚《はかな》い花火だったなァ」と。

「少年時代」は昔日の感傷を歌ったものではなく、来るべき九月以後を歌ったものだと考えると、サイクリングにも雨のゲイバーにも合う。むろん、私の勝手な解釈だ。

だが、この恐い歌詞に、澄んだ軽快な曲をのせる凄み。井上陽水というアーティストの深さには圧倒される。

　それから数年後、藤本さんは病気で亡くなった。ママは淋しがって私に何度も電話をかけてくる。私たちは二人で何度も「偲ぶ会」をやり、そのたびに二人で「少年時代」を歌った。

　その後、ママも体調がすぐれなくなり、ある日、しばらくぶりに電話があった。

「牧子チャン、今まで色々ありがと。楽しかったわ。元気でね。さよなら」

「イノセント」は店を閉じ、ママの消息はまったくわからない。

　先日、「井上陽水四十周年記念コンサート」で「少年時代」を聴き、二十年間が甦った。

　藤本さんとママのいた時代は、私にとって八月の「夢花火」だった。

人生ピカイチの味

「今までの人生で、一番おいしかった食べ物は何ですか？」

講談社から出ている『おとなの週末』一月号のインタビューで、私が受けた質問の一項目である。

一番としてひとつだけ答えるのは難しいが、風景と共に甦ってくるという意味では、ダントツの「人生ピカイチの味」がある。

小学校一年生の夏、自宅裏のトマト畑で食べたトマトである。

昭和三十年夏のことで、思えば戦後十年しかたっていない。当時、私は新潟市の沼垂《ぬったり》という町に住んでいたのだが、ちょっとした空き地の多くは畑と化していた。今ならコインパーキングになりそうな、町なかの小さい空き地である。おそらく、まだ食べ物は不足していたのだろう。人々は少しでも足しにしようと、自給自足で野菜や果物を育てていたのだと思う。

昭和三十年のその夏、カンカン照りの中で、私は友達数人と鬼ごっこをして遊んでいた。

鬼に見つからないよう、息をひそめて身を隠したのが、小さなトマト畑だった。七歳の私は汗をダクダクかきながら、トマト畑にしゃがんだ。見上げると、真っ青な夏空が見えた。そして、目の前には真っ赤なトマトがあった。私はひとつもぎ取り、しゃがんだままで食べた。もちろん、洗わない。きっとスカートでこすった程度だ。

この時のトマトがおいしかった。私は食べながら「おいしい」と思ったことを、五十年以上たつ今もハッキリと覚えている。

あの頃のトマトは青臭くて酸っぱかった。畑で食べたのもそれである。同じような味は、当時の食卓にいつも出ていて珍しいはずはない。なのに「おいしい」と思ったのは、炎暑の中を汗だくで走り、かわいたのどに特別の味だったのだろう。さらにあの青い空と緑の畑と赤い実、大人になるとその風景が増幅されて甦る。

こうなると、もう「あの夏のトマト」は人生のピカイチ、その後でどんなに高価なトマトを食べても敵《かな》いっこない。

私は男友達に、同じ質問をしてみた。すると、

「卵かけごはん」

と即答。聞けば、ここにも風景がある。彼は私と同年代だが、小学校二年の時に母親が病気で寝こんだそうだ。ある日、五歳の弟が卵をもらって来た。そこで卵かけごはんにして、

母親に食べさせようとした。

「俺と弟が枕元に座って見てたら、お袋は一口だけ食べて『おいしいね。でも、こんなに入らない。二人で食べな』って言うんだよ。俺と弟は半分ずつかっ込んだけど、うまいの何の。縁側から陽が入ってて、お袋は嬉しそうに俺たちが食うのを見てるわけ。あんなにうまい卵かけごはん、二度と食ってないな」

そう言った後で、彼はつけ加えた。

「お袋は俺たちに食わせたかったんだろうな。卵はバナナほどじゃないけど、やっぱり高かったから」

やがて母親は元気になり、九十歳まで長生きしたという。彼は言った。

「お袋が死んだ時、ただただ思い出したのが、卵かけごはんと縁側の陽ざし」

十代の女子大生にも同じ質問をしてみた。物心ついた時から携帯電話やパソコンやコンビニがある世代だ。彼女によると、

「バイト先とかのエライ人が、結構いい店とかに連れてってくれるし、おいしい店も色々知ってるよ」

だそうで、海外旅行もしているというのに、彼女の「人生ピカイチの味」は、

「カップ焼きソバ」

と来た。

「高三の時、ずっと好きだった子がいて、文化祭の準備してる時、向こうから『つきあって』って言われたの。教室に、たまたま二人しかいなくて、もう校庭とか暗くて。私は当然オッケーだよ。で、二人で机に座ってカップ焼きソバ食べた。もう、メッチャおいしくてさァ。あの後、何回食べても何か味が違うんだよ」

これにも風景がある。文化祭の準備中の教室には、きっとベニヤ板だの模造紙だのが散乱していただろう。高三となれば、最後の文化祭だ。その感傷と高揚感の中、ずっと想っていた男の子に告白される。校庭はすでに暗く、準備中の各教室だけが明るい。そして、椅子ではなく机に腰かけて食べる制服の二人。トマトや卵かけごはんと同じに、風景がおいしさを格別のものにしている。

私は何だか興味を持ち、その後も何人かに同じ質問をしてみた。

すると、面白いことが三つわかった。

ひとつは、やはり誰もが風景を鮮やかに覚えていて、それと共に語ることである。「風景」は「シーン」と言ってもいいのだが、くっきりと切り取られ、甦ってくるのだろう。

もうひとつ面白いのは、これほどまでに風景、シーンを語るのに、「人生でピカイチおいしい物」の味については、実に雑駁《ざっぱく》。どこがどうおいしかったのかなんて、ろくに答えられない。幾ら突っ込んでも「とにかくすげえうまかった」だの「あの味は二度とない」だの。思えば、私のトマトもそうだ。

三つめは、「人生ピカイチの味」は、ほとんどが安くて日常的で、よくあるものだということ。私が質問した限りでは、三ツ星レストランだの、パーティでの豪華ディナーだのはなかった。おそらく、風景の印象が薄いのだろう。

味における風景というのは、心象風景なのだと改めて思う。あの夏の青空や、縁側の陽ざしや、机に腰かけたことが、食べ物を格別においしくしているのだ。

名文珍文年賀状

明けましておめでとうございます。昨年は心臓の緊急手術を経て長期入院ということになり、ご迷惑をおかけ致しました。この連載も休載しましたが、もうすっかり元気です！

さて、今年も傑作な年賀状が届きましたのでご紹介します。初笑いをどうぞ。

☆**編集者（男）**
「お体はどうですか。何とか長生きして下さいね」

何とか頑張ります。

☆**女友達**
「昨年、あなたが死んだ夢を見たのがよかったのね。夢の中で死ぬと、現実に死なないっていうじゃない。死ななくてバンザーイ！」

何とも賀状に「死」という字を四回も。

☆中学の同級生（女）
「私は毎年ずーっと病院と整体通い。今もアチコチ痛くてつらくて……」

彼女は毎年コレ。毎年毎年「アチコチ痛い」とぼやく。中学時代は美人で頭がよくて、男子にもてまくっていたのに……。と思っていると、次の一枚にショックは大きかった。

☆中学の同級生（男）
「可愛い孫です」

孫二人の写真が印刷されていた。中学時代はトップクラスの頭脳で、一流大学一流企業だったのに、行きつく先は「賀状に孫」か……と感慨にふけっていると、次の一枚。

☆昔の仕事仲間（男）
「俳句とボウリングと孫で遊んでいます」

私と同世代の彼もすてきな知識人で、孫のことを賀状に書くセンスからかけ離れた人だった。そうであるだけに、「老境」を感じていると電話が鳴った。女友達が電話口で叫ぶ。

「ちょっと、うちの家庭内別居のバカ亭主から年賀状が届いたら、すぐ捨てて」

「何の騒ぎよ。まだ届いてないけど」

「また年賀状に孫三人の写真を印刷したのよッ。会社の人たちにもそれ出してるのよッ。去年、私に叱られてやめたと思ってたら、さっき実家の母から電話があって、『ああいうみっともない賀状はやめさせろ』って言われて。私に隠れてまた今年もやったのよッ」

彼女の夫の賀状は、毎年孫の写真で「ボク、××クン。メロンがだーいちゅき」などとマンガ風の吹き出しがついている。私が、

「でも、孫の賀状は多いから目立たないわよ」

と言っても、彼女の嘆きはおさまらない。その時、ふと気づいた。孫の賀状は圧倒的に男の人から届く。チェックしてみると、うちに来た限りにおいては、女からのものはゼロ。すべて男からである。今まで社会の最前線で突っ走ってきて、ろくに子育てもしなかった世代だろうし、孫という小さな生き物が愛おしくてたまらず、やみくもに他人に見せたいのだろう。私がそう言うと、彼女は鼻でせせら笑った。

「違うわよ。孫なんて他人から見りゃ可愛くもない平凡なガキってことに、男は気がつかないだけッ」

☆知人（男）

元旦に「喪中につき」という欠礼の黒枠ハガキが届いた。そして、表には赤く「年賀」のハンコがおされ、トラのお年玉切手が貼られていた。目出たいんだか目出たくないんだか混乱した。

☆男友達及び知人（男）

妻の名前だけが刷られた賀状に、手書きで夫の名前が書いてあった。時代はここまで来たかと感じ入った。昔は夫の名が印刷された賀状に、妻がためらいがちに手書きしていたから。

☆知人（男）

「もう牙を抜かれた虎の僕、酒で虎になるほどの小遣いももらえないし、静かに生きます」

☆知人（女）

「明るい世にするためには、弱者が声をあげないといけません。虎の威を借りてでも頑張らないと！」

男と女の差、時代はここまで来たかと、また感じ入った。

☆**編集者（女）他多数**

「初場所で横審委員の任期満了とか。きっと相撲協会は大喜びしてるわね。やっとあのうるさい女がいなくなるって」

何か私もそう思います。

☆**高校の同級生（男）**

「横審、終了とか。朝青龍、大喜びだな」

何か私もそう思います。

☆**大学の先輩（男）**

「横審に二度と女性委員は任命されないでしょう。相撲協会はあなたの恐さにこりたはず」

何か私もそう思います。

☆**相撲ファン（男）**

「横審、終わりなんてガッカリです。あなたのコメントは、取組よりずっとスカッとしたのに」

主治医に「血圧安定のために朝青龍と喧嘩するな。弱い大関陣の相撲は見るな。血圧が上がるから」と言われた私、今後はそれを守って長生きします。

☆相撲ファン（男）他多数

「あなたと朝青龍は、実は愛しあっているという噂をよく聞きます」

だから病後の対面では抱きあったのに、主治医に「血圧安定のために抱きあうのもダメだ」と言われた。

☆視聴者（男）

「病後当初は、高見山のような声の内館さん、今では選挙で声をからした落選自民党議員くらいまで回復しましたね」

今では森進一さんくらいまで回復しました。

本年は休載せず元気に書き続けますので、どうぞご愛読下さい。

ご近所からの苦情

お正月が来ると、女友達のやるせない表情を思い出す。何年ほど前だったか、そう遠くない話である。女友達は言った。

「姪がお琴を習っていて、いつも一月二日にお弾き初めをするのよ。と言っても、自宅の和室で一人で弾くだけで、聴衆は親と飼い犬くらいよ。それでも本人にとっては、年頭のけじめとして大切な行事なわけよ。着物なんか着て」

ところが、ある年からやめたのだという。女友達はうんざりしたように言った。

「ご近所から苦情が来たのよ。琴の音《ね》がうるさくて近所迷惑だって」

姪がどんな状況の中で弾いているのかというと、「一月二日の午後一時くらいから」、「曲は二曲で、時間にして計十分未満」、「冬なので窓は閉めてある」、「窓の内側の障子も閉めてある」、「もちろんエレキ琴ではない」とのことだ。

つまり、他人の睡眠をさまたげる時間帯でもないし、時間にして十分足らず。かつ、大音響で外に響きわたるわけでもない。それに、もとより琴は「幽《かそけ》し」という音色であり、かつ、新年にはよく合う。だが、静かな正月の住宅地に、ほんの十分間だけかすかな琴が響くのさえ、許せない時代になっているのである。

その頃、私は音に対する「ご近所からの苦情」について、友人知人からさんざん聞かされていた。

たとえば、下駄風サンダルをはいていた人に、ご近所から苦情が来た。

「カラコロと音がやかましいから、はくな」

マンションのベランダに江戸風鈴を下げていた人にも、ご近所から苦情。

「チリンチリンとうるさいから、室内に下げろ」

彼女は謝って、室内に下げた。室内は風がないので、チリンとも鳴らず、ただぶら下がっていたとか。

また、女友達の一人は仕事で夜遅く帰ると、マンション前の草むらで秋の虫が鳴いていたそうだ。リリリリというかすかな声は、秋の気配を感じさせ、とてもいいものだったと彼女は言う。が、ある日からピタリと虫が鳴かなくなった。管理人に問うと、

「ご近所からやかましいと苦情がございまして。茂みを刈るとみっともありませんので、どうしようかと……」

と言いよどんだ後で、答えたそうな。

「殺虫剤をまきました」

あれから何年かがたち、今は行政や町内をあげて「音の撲滅」へと行きつつあるように思う。

たとえば、二〇〇九年夏に、テレビのニュースでもよく取りあげられていたのが、「音楽のない盆踊り」である。

広場には櫓《やぐら》が組まれ、提灯もたくさん揺れ、人々は浴衣姿で輪になって踊っていた。普通の盆踊りと何ら変わりないのだが、音楽がない。広場はシーンとしている。人々は耳にイヤホーンを入れ、そこから聞こえる音楽に合わせて踊る。テレビのニュースで見る限り、手を打つ時はそっと打っている。参加者は、

「特に違和感もなく、楽しかったです」

と答えていたし、各地から問い合わせも多いそうだ。だが、夜に白っぽい浴衣の一団が輪になり、静まり返る中で踊るのは、冥界を感じさせられた。

また、ある公園では、噴水に喜び、はしゃぐ子供の声が騒音だとして、近所から苦情が寄せられた。行政は噴水の水が出ないようにし、がっかりした子供たちはもう来ない。先日のテレビニュースで、シーンと静まり返る公園を報じていた。

さらに、私は「音楽のないラジオ体操」があると聞いた。先の盆踊りと同じで、お年寄りも子供も、イヤホーンをつける。「腕を前から上にあげてェ、イチ、ニッ」の号令も音楽も、外にはもれない。黙々とラジオ体操をするわけである。

もちろん、体調のよくない人たちや精神的に追いつめられている人たちは、どんな小さな音でもカンにさわることはあろうし、苛立って心身に悪影響を及ぼすこともあるはずだ。それは今も昔も同じだと思う。

だが、昔はこんなに音に苦情はなかった。どこの家も窓は開けっ放しで、夏には甲子園の野球実況が路地に流れていた。子供たちは夜遅くまで庭花火に興じ、オヤジたちは縁台将棋に声をあげた。ラジオ体操の音楽は朝っぱらから大音響で、盆踊りも夜っぴてである。花見から雪合戦まで、大人も子供も、虫も下駄も風鈴も、当たり前に声をあげ、音を出していた。あの頃にも病人はいたはずだが、こういうものだと我慢していたのだろうか。

それもあったにせよ、それればかりではあるまい。あの頃の人たちは、今よりもっと揚々と生きていた。そんな気がしてならない。

『朝日新聞』九月五日付の「天声人語」で、那珂太郎さんの「音の歳時記」という詩が紹介されていた。

一月の音は厳冬に静まり返る「しいん」。そして二月は春が兆《きざ》して氷が割れる「ぴしり」。

三月の音は雪どけの川が流れる「たふたふ」。四月は蝶々の「ひらひら」で五月は風の「さわさわ」。六月は「しとしと」と雨の音で、七月は「ぎよぎよ」。蛙の声だ。八月は蜩《ひぐらし》が「かなかなかな」、九月は「りりりりり」と虫。十月は枯葉の「かさこそ」、十一月は霜柱が「さくさく」と鳴る。そして十二月の「しんしん」は、雪が降って時の逝《い》く音だそうだ。

日本人の心が豊かであればこそ、音なき音にさえ感じいったのだろう。今に「たふたふ」や「かさこそ」にも「ご近所からの苦情」が来そうな気がする。その時はきっと川を埋め立て、木を切り倒すのだ。

雑誌の危機

昨年末、講談社から「創業百周年を迎えることができました」という挨拶状が、届いた。

私が講談社の少女雑誌『なかよし』に夢中になっていたのは、七歳か八歳かという頃だ。

「そうか、あの頃の講談社は、四十五歳くらいの壮年期だったのね」と、ちょっとしんみりしていると、十二月十三日付の『朝日新聞』に、ショッキングな見出しがあった。

「本の販売21年ぶり2兆円割れ」

「雑誌離れ加速」

と、朝刊の第一面だ。

そして、「今年休刊になった主な雑誌と出版社」として一覧が出ていた。『週刊朝日』の十二月二十五日号にも出ていたが、二〇〇九年に姿を消したり、消すことを決めた雑誌の数は、一七〇を優に超えるという。一年間で一七〇とは、雑誌の危機は尋常ではない。

休刊一覧に掲載されていた中で、最も歴史のあるのは『小学五年生』と『小学六年生』

(共に一九二二年創刊・小学館)。私も小学生の頃は『小学一年生』からずっと読んでいたが、ピーク時には六十三万部もの部数だった『小学五年生』が、近年は五万〜六万部だったという。

また、一九六九年創刊の『諸君!』(文藝春秋)と一九七九年創刊の『広告批評』(マドラ出版)の休刊は衝撃だった。『諸君!』は保守・右派のオピニオン誌として非常に刺激的で面白かったし、『広告批評』の恐いもの知らずな、言うべきは言うという姿勢も痛快だった。こういう雑誌がなくなっていいのだろうか。日本はさらに浅く軽く、どーでもいいよ的なる国へと転がっていくのではないかと、不安を覚える。

また、『フォーブス日本版』(一九九二年創刊・ぎょうせい)も、『エスクァイア日本版』(一九八七年創刊・エスクァイア・マガジン・ジャパン)も、『編集会議』(二〇〇〇年創刊・宣伝会議)も終わった。リクルートの『就職ジャーナル』と『フロムA』も、アシェット婦人画報社の『マリ・クレール』も、堅いところでは研究社の『英語青年』も学燈社の『国文学』も終わった……。

『朝日新聞』によると、雑誌の昨年十月末までの売り上げは、前年同期比で四・一パーセント減。推定販売部数も大幅減だという。

それにしても、休刊する雑誌名を見ているだけで、「雑誌文化」というものの存在を感じる。雑誌はその時代の風俗や、その時代の人々、社会、欲求等を鮮やかに映してきたのだと思わされる。

今、雑誌離れの加速には多くの原因が考えられるだろうが、とりわけインターネットや携帯電話の普及は大きいはずだ。だが、それも時代の文化である以上、雑誌が取って代わられるのも、致し方のない必然だろう。映画にしても、弁士がトーキーに取って代わられ、グラフィック関係でも手仕事の少なからずはCGに取って代わられた。

私が『なかよし』に夢中になっていた頃、よく学校で「夢の日本」とか「夢の生活」という内容で絵を描かされた。あの頃の子供は、「夢の生活では、ボタンを押せば食べ物が出てくる」という絵を描くことが多かった。私もそうだった。

今にして考えると、これは「自動販売機」である。こんなものは、あッという間に日本中に設置されたが、昭和三十年代前半の子供にとっては「夢の生活」であり、空想の世界だった。むろん、新幹線が開通するより十年近くも前の話だ。

さらに、当時の子供たちがよく絵に描いたのが、「ごはんを食べなくても、栄養がつまっているクスリ」だ。家族が食卓を囲み、各人の皿の上には幾粒かの錠剤が置かれている。笑顔でそれを飲む家族の絵を私も描いたし、友人たちもよく描いた。今になると、これはサプリメントであるが、あの時代にあっては、やはり空想の世界だったのだ。

あの頃、どこの子供が携帯電話やインターネットを想像しただろう。どこの子供がコンピューターゲームやエアコンやメールを想像しただろう。ありえない。子供の想像は自動販売機レベルか、あるいは人間が空を飛ぶとか月で餅つきをするとか奇想天外な夢物語まで飛躍するかの、どちらかだったように思う。

あれから五十五年がたった今、社会は「一人に一台パソコン」の時代になり、幼い子供までが使う。携帯電話をポケットに入れておくだけで、ほとんどすべてのことができるようになった。

五十五年前の子供と違い、今の子供は物心ついた時からそういう時代の中にある。そうなると、「雑誌離れ」というのは、さらに進むような気もする。

中には、引きつけるコンテンツがあれば、進まないという意見もあろう。が、私はコンテンツの問題ではなく、ツールの問題だという気がするのである。

つまり、雑誌とか書籍という紙の「道具《ツール》」、それに馴染まない世代が時代の中心になりつつある。もっとも、そんな時代にあっても『１Ｑ８４』(村上春樹著・新潮社)だけは突出して売れた以上、コンテンツを全否定もできないのだが、あらゆるジャンルの情報を「迅速に」「的確に」手に入れるツールは、雑誌ではなく、コンピューターになっていることは確かだと思う。

実際、コンピューターで得る情報にも、時代や人々の心理は映し出されている。社会の流れもキャッチできる。だが、雑誌は、それ以外に何かを醸《かも》していた。奥行きがあった。

私は新しい時代が古い時代を淘汰することは是認する。だが、今に「醸す」という感覚さえわからない人間だらけになるのだろう。

湯タンポを愛用

女友達のトミちゃんが、

「私、最近は湯タンポを愛用してるの。これがすごくいいのよ」

と言う。

彼女は『アンアン』や『Ｈａｎａｋｏ』をはじめ、多くの女性誌の編集長を歴任してきた人だ。今、湯タンポが「エコ道具」として見直され、愛用者が増えていると聞いてはいたが、まさか身近にそんな人がいるとは思わなかった。さすが、雑誌出身者はトレンドを外さない。

すると間もなくのことである。プロレス団体の「ノア」から、小さな箱が届いた。開けてびっくりした。中には、可愛い湯タンポが入っているではないか。まっ赤なプラスチック製のそれは、長さ一五センチほどの小さなもので、昔ながらの楕円形に、昔ながらの波がうっている。これが赤いフリースの袋に入っており、袋には黄色で「ＮＯＡＨ」と刺繍がある。もう可愛いの何の、こんなに愛らしい湯タンポは見たことがないと思うほどだ。

それに、筋骨逞《たくま》しい大男たちのプロレス団体と、この可愛い湯タンポのギャップが何だかとても嬉しい。

早速使ってみると、トミちゃんではないが、これが本当にいい。その上、簡単だ。魔法びんから熱湯をジャーッと注ぎ入れるだけでいいのである。

かつて、湯タンポが当たり前に使われていた時代には、大きくてさめにくい魔法びんはそう普及していなかったはずだ。あの頃は、どこの家でも、お母さんがヤカンで何度も湯を沸かし、家族の人数分の湯タンポに注いでいた。湯タンポの多くは不細工なブリキ製で、お母さんはそれを古タオルや古布で作った袋に入れる。布の厚さによって、湯タンポが熱すぎるだのぬるすぎるだのと、家族は平気で文句を言った。お母さんはさぞ大変だったに違いない。

そして、朝になると湯タンポのさめた湯で顔を洗う。蛇口をひねれば適温の湯が出てくる現代と違い、切れるような寒さの冬には有り難い生ぬるさだった。

こう考えると、湯タンポは確かに「エコ」だ。無駄なく湯を使い切り、かつ、エアコンなど普及していない時代であったとはいえ、一晩中、電気を使用することもなかったのである。

私が最も重宝している使い方は、仕事中に脚をあたためることである。椅子に座って原稿を書いていると、足元が冷える。エアコンをつけ、扇風機のようなもので暖気を回しているが、それでも足元は寒い。これまでは膝かけと、足元専用のパネルヒーターを使っていたのだが、思い立って湯タンポにしてみた。

ジャーッと熱湯を注ぎ、フリースの袋に入れた小さな湯タンポを、膝のあたりにのせておく。これでもうパネルヒーターは用済みになった。大きな湯タンポなら、両足をのせておけば暖かいことこの上ないだろう。

以前に、整体の先生がおっしゃっていたが、

「体のどこか一部をあたためると、それだけで本当に違うんです」

という言葉を思い出した。カイロを靴の中に入れたり、腰に一か所貼りつけるだけで、どんなに暖かく感じるかは誰しも経験があると思う。

私はテレビを見たり、新聞を読む時も、またお茶を飲む時も、湯タンポを膝にのせておく。そうすると、エアコンの室温を二度くらい下げてもヘッチャラである。さめた湯は台布巾を洗ったり、もちろん顔も洗える。低温ヤケドにさえ気をつければ、湯タンポは実に無駄のないエコ道具だ。

考えてみれば、こんなに便利でなかった時代は、当たり前にエコ道具を愛用していた。

ひとつは買い物籠である。今頃になって「マイバッグ」だのと脚光を浴びているが、かつてはどこの家にもビニールや籐などで編んだ買い物籠があった。そういえば、豆腐も鍋を持って買いに行っており、今のように一丁ずつ容器でピシャリと包装されてはいなかった。

むろん、衛生上の問題等で、ピシャリと包装された豆腐の方が安心なのだろうが、ゴミの量が増えたことは言うまでもない。

中でも、私が一番気になるのはペットボトルと、ティッシュペーパーである。

今やペットボトルで水やお茶を買い、飲んだら容器を捨てるのは当たり前になっているが、あのペットボトルもかつてはなかったゴミである。日本は水がおいしく、清潔だと言われ、水道水をゴクゴク飲んでいたのだが、もはやペットボトルから離れることができない国民になってしまったのかもしれない。

そして、ティッシュペーパーである。私は若い頃からこれがもったいなくて、気になってたまらなかった。かつては、各家庭に台布巾とか雑巾というものがあり、ちょっとした汚れなどはそれで拭いた。そして洗って何度でも使う。

が、今はテーブルや机にティッシュの箱が置いてあり、一滴の汚れでもそれで拭き、捨てることが多い。ゴミが増えることも問題だが、こんなに乱暴に紙を使うことが、どうにももったいなくてたまらない。

とはいえ、マイバッグやマイ箸にしても、湯タンポにしても、その程度のエコは地球温暖化の大きな数字から見たら、焼け石に水なのだと、ミもフタもない意見も聞く。だが、個々人がエコへの意識を持つこと、士気を高めることは、決して無駄ではないはずだ。

湯タンポを愛用するようになって以来、魔法びんの湯がすごい勢いで減る。すると、女友達が言った。

「電気を使って、いつもの何倍も湯を沸かすのってエコって言えるの？」

朝青龍の引退に思う

二月四日、横綱朝青龍が引退か解雇かを迫られ、ついに自ら引退を申し出た。

私はその時、テレビ朝日の情報番組『ワイド！スクランブル』の収録をしているところだった。映画監督の山本晋也さんが、この番組の中にご自分のコーナーを持っておられ、毎回、一人のゲストとトークを繰り広げる。私もお招き頂き、「横審の十年を振り返る」というテーマで相撲好きの監督となごやかに話していたその時である。スタッフが携帯電話を手にして、突然叫んだ。

「朝青龍、引退ですッ」

びっくりする私にカメラは回り続け、番組ホストの監督は間髪を容れず、

「内館さん、どうですか」

と畳みかける。私は咄嗟《とっさ》に答えていた。

「自ら引退を決めたのはベストの選択だと思います」

考える間もなく答えた一言であればこそ、これは私の本心である。

これまで、朝青龍は手がつけられないほどの蛮行と狼藉を繰り返したが、横綱になる前は稽古熱心で、懸命な若者だった。横審稽古総見には、たいてい前頭五枚目あたりから上位に参加命令が出るのだが、下位の朝青龍は呼ばれてもいないのに出てくる。そして髷の元結いが切れるほど、上位力士に激しくぶつかる。転がされてもザンバラ髪で、なおもぶつかる。角界の屋台骨を背負うだけの根性と激しさは、この当時からあったと言える。そして、横綱になってからは、七連覇を果たし、「一人横綱」を長く務めあげた。さらに史上三位となる二十五回優勝も成している。

これらは評価すべきことであり、一時期の角界を背負ったことは確かだ。

私は解雇でも文句は言えないと考えているが、協会は蛮行・狼藉とは切り離して、評価すべきは評価したのだろう。そして、これはあくまでも私見だが、朝青龍がここまでのさばったのは、本人のせいばかりではないと考えたのではないか。高砂親方を含む協会が、彼を教育できず、御《ぎょ》し切れなかった。そんな贖罪の思いが協会にある気がしてならない。そのため、一刀両断の解雇ではなく、自ら引退を選択できる道も残した。結果、彼はそちらを選び、晩節をさらに汚さずにすんだ。

ただ、これまでの蛮行・狼藉と、協会への貢献・評価を秤《はかり》にかけた時、引退相撲やら、退職金とは別に億単位の功労金が発生することに対しては、私は納得していない。だが、それらの発生を承知の上で、協会は「自主的な引退」という選択肢を用意した。つまり協会にとって評価と贖罪の方が大きかったのだ（たった今、功労金が一億二千万円支払われると報道された。この額は非常識だ）。

山本監督との収録を終えて事務所に戻ると、玄関の前にテレビのクルーがたくさん待っていた。「コメントを」とマイクを向けられても、まだ状況がわからず、答えようがない。事務所の電話は鳴りっ放し。いずれもコメントやテレビ出演や原稿依頼である。これを全部お受けしていては、身がもたない。申し訳なかったが、全部お断りすることにした。

とはいえ、同日にたまたま、読売の隔月刊誌『大相撲』の取材を受けており、朝日新聞出版の書籍用のロングインタビューも控えていた。『ワイド！スクランブル』と同様に、朝青龍の引退など考えもせずに、いずれも「横審十年」を振り返るために受けたものだ。だがこの時であり、引退劇への思いを語らざるを得ないのは当然である。

私は個人的には、朝青龍は今回も甘い処分ですむとタカをくくっていたと考えている。彼がそう思うのも当然で、今までのあらゆる蛮行・狼藉に対し、協会も横審も高砂親方も大甘だったのはご承知の通りだ。

「勝ちゃいいじゃねえか」とか「勝って素直にガッツポーズして何が悪い」等々は、相撲の場合は法度《はっと》であるのに、時に「有識者」と呼ばれる方々でさえ、平然とそうおっしゃる。困ったものであり、自国の文化をもう少し学んで頂きたいと思うことは少なくなかった。

ただ、自国の「有識者」でさえ、このレベルなのだから、外国人に「勝負に勝って相撲に負ける」などという概念を理解させるのは至難。協会や師匠が膝をつきあわせて、徹底的に教えこむしかない。が、現実には師匠たちの知識も、いささかこころもとない。横審では石橋義夫委員が、

「相撲を守るには、まず師匠教育。教育の場をすぐに作るべき」

と言い続け、全委員も訴えた。が、現実にはそれどころか、朝青龍になめられるがままに、何でも許してきたのである。当然、彼は「俺様に文句は言わせねえ」という方向へ行ってしまった。

また、横綱には下位の力士を育てる役割がある。たとえば、素質に恵まれなかった北勝海を鍛えて、横綱にまで育てたのは千代の富士だという話は有名である。しかし、朝青龍は育てるどころか、たまに稽古に出てくると若手にプロレス技をかけて怪我をおわせ、「オラオラ、どけーッ」と叫んで帰って行く。豊ノ島も高見盛も犠牲になった。

朝青龍の相撲人生を思うと、「勝負に勝って相撲に負けた」と総括できる。

ともあれ、魅力的なアスリートが一人消えた。淋しいと言う人も多いが、代わりは必ず出

てくる。そして世間はすぐに、消えた人を忘れる。そういうものだ。朝青龍本人にしても、角界でのことなどすぐに忘れ、新しいステージで龍になり、天を衝くだろう。

代わりが出ることは社会に備わった力であり、すぐに忘れることは人間に備わった力である。

半農半ゴルフ

ある朝、段ボール箱で宅配便が届いた。重い。

開けてみると、ジャガイモと大根、そしてホウレン草がぎっしり。プロゴルファーの岡本綾子さんからである。

彼女とは、たまにごはんを食べたり、飲んだりするのだが、先日会った時に、

「私が作ったジャガイモやホウレン草、送るね」

と言っていた。本当にすぐに送ってくれたのだ。

彼女は東京の自宅の他に故郷の広島にも家を持っており、敷地内に広い畑がある。そこでジャガイモや大根などの野菜を作るのだが、自分の手で種蒔《たねま》きも水やりもやるという。

「世界のアヤコ」が御自《おんみずか》ら世話した野菜は、広島版の新聞にくるまれ、その元気なこと、イキのいいこと。根元の真っ赤なホウレン草なんて久しぶりだし、大根もジャガイモも甘い。

これが野菜本来の甘みというものなのだろう。

彼女はもちろんゴルフの仕事もあるわけだが、

「今ね、半農半ゴルフ」

と言って笑っていた。広島に帰って農業が半分、東京や国内外でゴルフ等の仕事をするのが半分ということだろう。

私は元気な野菜を箱から取り出しながら、そういえばアヤコ自身も年々元気になっていると気づいた。

以前から、彼女には「陰」や「負」の匂いがなく、とにかくすべてを自分で切り拓くという覚悟のようなものを感じさせる人だった。普通、年齢と共に「陰」や「負」がにじんでくるし、それらが近寄ってくるものだと思うが、彼女にそんな雰囲気はまったくない。かつ、昨今は笑顔や雰囲気に屈託のなさが加わったようにさえ思うのである。

おそらく、これは「半農半ゴルフ」、つまり「半ホーム半アウェー」というライフスタイルがもたらした効果ではないか。

仕事やゴルフ、そしてアウェーは刺激であると同時にストレスでもあろう。一方、農作業と故郷《ホーム》は心身を解放させ、伸び伸びさせる。どちらか片方だけでは追いつめられたり、緩《ゆる》みすぎたりしようが、双方の絶妙なバランスは人を元気にする。彼女を見ていると、そう思えてならない。

とはいえ、誰もが彼女のようにはできないし、許される環境にもない場合が多いと思う。また、たとえ追いつめられようと、ひたすら突っ走るしかない年代もある。実際、アヤコにしても、アメリカに居を移してツアーに参戦したり、国内外でただただ突っ走ってきた年代があった。

しかし、今は許されない環境にいる人たちであっても、「いつかきっと」と思って、「半ホーム半アウェー」を夢想するのは絶対にいい。というのも、それだけで楽しくなり、元気になるのだ。本当である。

私は昨年、盛岡市の岩手医大に三か月も入院していたわけだが、倒れた盛岡は父の故郷だった。これはまったくの偶然で、本当にたまたま旅先の盛岡で突然倒れたのである。

私の病室からは岩手山がドーンと見えた。姫神山と岩山も見えた。いずれも父のホームの山として、私も幼い頃から馴染んでいた。だが、私は盛岡で暮らしたことはない。ところが、やはり親のホームは子にとってもホームなのだ。岩手山を見ながらの入院生活は、何とも説明しがたく安らぐ。居ごこちがよく、もう伸び伸びしてしまうのである。

その時、病室でふと考えた。「いつか、生活の半分を盛岡に移すのも、いいかもしれないなァ」と。テレビドラマを書いていると打ち合わせが非常に多く、私の場合は他の仕事も東京中心なため、現実には今は「半ホーム」が許される状況にない。だが、「いつか盛岡に」

と考え始めると、これがものすごく楽しい。

住む家は古い町屋がいいとか、北上川のほとりにしようとか、夜は盛岡在住の作家の高橋克彦さんや斎藤純さんと飲んだり、何か文化的な行動を一緒に起こそうとか、幾らでも構想がふくらむ。ふくらませているだけで、すでに「半ホーム」の安らぎを得る。本当である。だまされたと思って、皆さんも故郷での生活を空想してみて頂きたい。

私は東北大の院生だった三年間は「平日仙台、週末東京」だったが、この時は東京に戻るたびに「早く仙台に帰りたい」と思い、青葉通りを歩くとホッとしたものだ。私は今でも「仙台はホーム」という意識があり、東北大相撲部の稽古に行くたびに、今度は「いつか仙台で半分暮らそうかなァ」と思う。そしてすぐに「広瀬川のほとりに住もう」などと構想がふくらむ。

さらには、母のホームの秋田に行くと、いつか「半東京半秋田」もいいなァと思う。昨年末も仕事で行き、雪の降る街を歩き、馴染みの店でキリタンポを食べながら、雪に降りこめられる冬の秋田は妙に心がしっとりしてくるのである。

面白いことに、盛岡、秋田、仙台以外にも全国に大好きな地域がたくさんあるのに、そこに半分住もうとは思い至らない。やはり「好き」というのと「ホーム」というのは違う意識なのだ。それはこういう時に明確になる。きっと九州の人も四国の人も、どこの人もそうなのではないだろうか。

私はアヤコが送ってくれた元気野菜で何を作ろうかと考えた。肉ジャガ、カレー、ホウレン草サラダ、何を作ってもおいしそうだ。

が、作ったのは「芋の子汁」。これは里芋とキノコや野菜を味噌で煮込む鍋で、秋田の名物料理である。私は大根もホウレン草もジャガイモも入れ、寒い夜にたっぷりと食べた。

たくさんのメニューを考えたのに、結局は「ホーム」の料理だった。

マカオのカジノで

マカオに行ってきた。今年八十五歳になる母が、

「カジノでギャンブルをやりたいわ」

と言い出したのだ。

もっとも、私の弟はマカオのすぐ近くの珠海《ジュハイ》市にいる。フェリーというか渡し舟というか、それに乗って五分も行かずに、マカオである。弟が通訳兼ガイドなら安心だということで、行ったわけである。

マカオのカジノといえば「ホテル・リスボア」が有名で、最大のカジノとしてほとんどのゲームがそろっている。私たちはそこに泊まった。夜分にギャンブルをしても、すぐ部屋にたどりつけるようにだ。

私はもともと、賭けごとが苦手である。下手でも夢中になれたり、楽しめるならいいのだが、そうなれない。たとえば競馬や競輪のように、他人の力に賭けるというのは不確かで、

どうもダメ。麻雀やパチンコや花札やカードや、自分の力に賭けるのはもっとダメ。こういう緻密なゲームに向く頭をしていない。サイコロとか宝くじのような、偶然に賭けるのはさらにダメ。偶然が外れたなら怒りをどこに持っていけばいいのだ。ストレスがたまる一方ではないか。

珠海で弟夫婦と落ちあった私たちは、「渡し舟」でマカオに向かった。舟はギュウギュウの混雑である。老若男女の広東語、北京語が大声で飛びかう。時に台湾語や英語や、とにかく怒鳴るような大声で、夢中でしゃべっている。弟によると、

「ギャンブルのことをしゃべってるよ。前回はどうして負けたとか、今日はこうしようとか」

ということであり、乗客の大半はカジノに行く人たちらしい。世界各国のカジノでは「ネクタイ着用」というところが多いと聞いていたが、この乗客を見る限り、マカオでは普段着で入場できるようだ。

陽が落ちると、極彩色のネオンやイルミネーションが街を走り回り、夜空に「CASINO　LISBOA」の文字がギラギラ。「グランド・リスボア・ホテル」は地球を半分にしたような巨大なドームと、マグマ大使によく似た形の超高層ビルがくっついたホテル。ここのギラギラがすごいの何の、以前に行ったラスベガスがおとなしく思えるほどの、「これで

もかッ」のイルミネーション。それも一晩中であり、エコも京都議定書もあったものじゃない。

が、私のように賭けごとに関心のない人間でも、このギラギラを見ていると、「よーし、やったるか！」という気になってくる。私はかなり本気で言った。

「よしッ、昼間に買ったハンドバッグ代、稼ぐわ」

私でさえこうなるのだから、賭けごとが好きな人の血がたぎるのは当然。夜空を駈ける極彩色のギラギラは、日常生活にはないものなのだ。街を行く人々はギラギラを顔に受け、ピンクや黄色や紫色が頬を走る。カジノに入る前から、もう人々はここちよい非日常に煽《あお》られている。

私たちが夜九時過ぎに入ると、大変な熱気である。ルーレット、ブラックジャック、大小、バカラ、ファンタン、スロットマシン、などの各テーブルは人であふれ、うなりをあげている。すべて政府の許可のもとの運営だ。弟が「大小」のテーブルを示し、

「これはマカオ独得のゲームで、ルールは一番簡単だと思うよ」

と言うので、それをやることにした。ディーラーが三つのサイコロをシェイカーの中で振る。三つのサイコロの出目の合計が4から10なら「小」。11から17なら「大」。これを当てて賭ける他に、三つのサイコロの出目の数字を当てたり、私の頭では理解不能な多くの賭け方

がある。

私はハンドバッグ代を稼ぐどころか、あっという間に全部すってオシマイ。

ふと見ると、八十五歳になろうかという母は、テーブル脇の液晶表示板を見て賭けているではないか。表示板にはこれまでの大小の出目が次々と出る。つまり、次は「大」と「小」のどちらが出る可能性が高いかを読んで賭けるわけだ。

私はそんな表示板があることにも気づかず、気分で賭けていたが、母は、

「次は小ね……」

などとつぶやく。結果、弟は大きく賭けすぎてすってしまい、弟の妻と私は考えなしに賭けてすってしまい、母は日本円で五千円分くらいのチップを手に、

「さ、換金して帰りましょ。ちょうどいい具合に遊んで、これだけ残ったわ」

と、主婦感覚のみごとな引き際でカジノを後にしたのであった。

今回、私が衝撃をもって気づいたのは、賭けごとにおけるお金の動きの速さである。もう、一気になくなる。かと思うと、一気にふえる。大きく賭けて、その目が出ると、ドーンとふえる。そうなると、次にまた大きく賭けたくなる。そして外し、一気に奪われる。チマチマと小さく賭けても同じ。額に関係なく、すぐに減るし、すぐにふえる。

これを繰り返していると、なぜだか「次は取り返せる」という根拠のない確信が生まれ、

また賭ける。ふえる。減る。ふえる。減る。すごい速さで動く。

こういうお金を「あぶく銭《ぜに》」というのだと思った。

わずかなお金が動いただけの私が言うのもナンだが、そう思った。あの増減の速さは、やはり「日常」ではない。それに神経が慣れてしまうと、きっと「日常」では生きられなくなる。

私はホテルの部屋からギラギラを眺め、「日常で妥当な金銭を稼ぎ、たまに非日常というのがいい」と、働き者の蟻のようなことを考えていた。

看護師さんと同窓会？

先日、岩手医大病院の看護師たちと久々に再会し、歓声をあげたり、ハイタッチしたり、肩を抱きあったり、同窓会のノリでみんなで喜んでしまった。

その日、岩手医科大学医師会設立十周年記念式典が盛岡市であり、私は講演をしたのだが、終了後、祝賀会場に行くと、懐かしい看護師たちがたくさんいる。夜勤だの手術だのと多忙を極める彼女たちが、まさか来ているとは思ってもおらず、もう大歓声の再会である。もちろん、来られない人もたくさんいたが、その人たちの近況も聞けて、本当に嬉しかった。

私は入院というものを体験し、初めてわかったのだが、看護師が患者に与える力は計りしれないものがある。私が岩手医大の優秀な医師チームに助けられたことはもちろんだ。しかし看護師も間違いなく、患者に治癒の力を与える。

三か月の入院で初めて気づかされたのだが、医師と看護師はそれぞれ、全然違う視点を持っている。これはおそらく、日頃の守備範囲による知識や技術や経験がもたらす違いだろう。

両者の視点が表裏一体となって生かされると、患者は本当に「生還」する。

私が手術後、麻酔からさめた直後のことだ。体が熱くて熱くて、たまらない。室温も高く、上掛けも熱い。ベッドサイドの医師たちが私の名を呼び、指を握らせ、覚醒を確認した。そして、

「寒くないですか」

「室温、低くないですか」

と聞く。私は「暑すぎる」と答えたいのだが、人工呼吸器が入っており、声が出せない。汗は流れていないのに、体はさらに火照《ほて》り、段々と気を失いそうになってきた。

その時である。看護師が枕を外し、冷たい氷枕に替えてくれた。あの時は、心底「助かった」と思った。おそらく看護師は、汗が流れていなくても術後に猛烈に暑がる患者がいることを、世話する中で知っているのだと思う。

また、私はずっとベッドから動けなかったため、全身の筋力が落ちてしまった。当初は立つことや歩くことはもちろんできず、寝返りをうつ時も上体を起こす時もナースコールを押して、看護師に助けてもらわないとならなかった。

そのナースコールはベッドの手すりに縛りつけ、またテレビのリモコンや、時計などの細々とした物は、ベッドサイドの台に置いてあった。だが、その台まで手が伸ばせない。す

ぐ横の台なのに、筋力はそこまで落ちていた。

致し方なく、それらはベッドの中に置く。が、枕の下に時計がもぐったり、ナースコールが上掛けの陰に隠れたりする。筋力がないと、それらを取り出すのも大変な苦労なのである。するると、ある夜更け、ベッドの脇でゴソゴソと音がした。私はまだ集中治療室にいたので、室内は真っ暗ではない。目を開けると、夜勤の看護師が、ベッド脇にしゃがみこんで何かしている。見ると、黄色いプラスチックの小さな籠を、ベッドの手すりに結わえていた。そして、ベッドの中に置いてあったナースコールやリモコン等の小物を、全部その籠に入れると、私の布団をかけ直し、そっと出て行った。

あの激務の中で、看護師たちは医師とは違う視点で患者に目を配っている。私は「こんなにしてくれる彼女たちに報いるには、絶対に元気になることだ」と、心底思ったものだ。

むろん、彼女たちは優しさ一辺倒ではなく、実はかなり叱咤もされた。私自身が十分にできることを依存したり、ちょっとラクな方向に行こうとすると、容赦なく突っ込まれた。しかし、これらも「あなたを治したい」という思いから出ていることを、患者は理解する必要がある。

ここに書いた看護師の心配りは、決して私だけに向けられたものではない。私が知る限りにおいて、看護師はすべての患者のために走り回り、身を粉にしていた。

たとえば、病棟ロビーには新聞が備えてある。ポツンと一人で読んでいる老患者に、看護師が話しかけては笑いあうシーンを何回見ただろう。また、外来では幼い姉と母親が診察室に入り、小さな弟が一人でソファに座って待っていた。心細そうな弟に、看護師が近寄り、折り紙を教えている姿も見た。

しかし、こんな心配りには限度がある。三か月の入院で言うのもおこがましいが、医師も看護師も、その激務は限度を超えているのでは……という気がした。極端な緊張を強いられる手術も診察も、また細やかな心配りも、限度を超えては続くものではない。

医師の力、看護師の力が大切な家族を助ける。失うはずの命を甦らせる。この重大な責務を思えば、労働条件や待遇の改善は急務だと思う。老人施設などの介護士もだ。

施設や病院に一度でも縁を持った人なら、誰しもそう思うのではないだろうか。

医師の小さな言葉や、看護師のちょっとした行為は、実は本人たちが考えているより、遥かに大きく患者に力を与え、希望を与えるものである。彼らがそれをなし続けるゆとりをどう保障するか、国は考えなければなるまい。

私はかつて、三菱重工業の元社長であった飯田庸太郎さんと対談した際、

「もう汗だの涙だのと、情に訴えて仕事をする時代ではない。技術や知識は待遇で評価すべきだ」

と迫ったことがある。

盛岡の祝賀会で看護師たちとグラスを合わせながら、この人たちの技術や力は大きかったと改めて思っていた。

姑の気持ち

二月のある夜、東北大相撲部ＯＢと、東北学院大相撲部ＯＢが七人集まり、私の全快祝いを開いてくれた。

全員が東京とその近県で就職しているので、場所は六本木の「薫風花麗」という創作料理の店。私は初めて行ったのだが、仙台でガツガツと六八〇円のトンカツ定食をかっくらっていたヤツらが、今では六本木に馴染みの店を持ったりしてるのね。もう立派な社会人ね。鬼の女監督は、つい母の気持ちになったりする。

それにしてもだ。母として自慢するわけではないが、いや自慢しているのだが、全員が一人残らず「超」のつく一流企業に就職しているのである。とても就職氷河期とは思えないほどだ。

監督として彼らをつぶさに見てきたが、優の数だってねえ、それほどでもねえ。特技やスキルだってねえ、そんなにねえ。それどころか単位が死ぬほど足りなくて、相撲部の一年生まで狩り出して代返させたり、レポート書かせたりねえ。

なのに分不相応な企業に就職できたのは、「ものの弾み」以外の何ものでもない。監督としては「会社で馬脚を露《あらわ》すなよ」と祈るばかりで、母としては「有り難や」と合掌するばかりである。

賑やかに乾盃した後、彼らは花束を取り出した。青山の一流花店に作らせたステキなブーケ。相撲部にいた頃は、桜とチューリップの区別だってつくかつかないかのヤツらだったのに、こんな女泣かせの手管まで身につけたのね……。つい感傷にひたる監督であった。

お酒がホロホロと回った頃、「今、つきあっている女」の話になった。「振られた」と「別れた」の二人以外は、「いる」らしい。私は今度は脚本家になり、一人ずつに訊いた。

「相手はどんな人？　どうやって知りあって、これからどうするの？　どこが好きなの？」

彼らはアッケラカンと答える。どの相手もとてもいい女の子たちで、彼らはみんなすごく幸せなのだとよくわかる。が、話を聞いているうちに、なぜだか私は脚本家ではなく、監督でも母でもなく、何と「姑」の気持ちになってきたのだ。

私は母親も嫁もやったことがなく、ましてや姑なんてあまりに無縁で関心もない。が、彼らの女談義を聞きながら、「何か初めて体験する気持ちだわ。これは何？」と思い、「そうか、姑だ」と気づいたのである。そして、実感した。息子の妻として、姑が最も嫌うタイプの女。

それは「気の強い女」である。

彼らが照れながらも、彼女のことを幸せそうに話すたびに、私は反射的に心の中で思っていたのだ。「気が強い女じゃないでしょうね。いつもあなたの方が折れて謝ってるんじゃないでしょうね。命令されてこき使われてるんじゃないでしょうね。権利ばっかり主張して、義務を果たさない女じゃないでしょうね。グウの音も出ないほど言い負かされてないでしょうね」等々だ。

実に短絡的だが、これらは気の強い女がやることだと、姑は思っている。少なくとも私は、そういう気持ちになっていた。

だが、ハッキリと書いておく。世の中に、気の強くない女なんていない。これは断言できる。強さの度合いはあるにせよ、女はおしなべて気が強い。

それを十二分にわかっている私なのに、姑の気持ちになると「気の強い女だけは、この子たちの妻にしたくないなァ」と思ってしまうのだ。

私は彼らとわずか四年間、相撲部で過ごした程度である。それでもこうなのだから、産んで育てて思い出ばかりの実の母親は、「ずっと息子を大切にしてくれて、気だてのいいお嬢さん」が妻としての第一条件だろう。

だけどねえ……「気だてのいいお嬢さん」も、今は絶滅危惧種だと思うわよ。女はかしこいから、「気だてのいいお嬢さんぶる」ことはうまいし、むろん、気だてのいい部分も持ってはいるだろう。だが、姑がすっかり安心するほど全面的に気だてがいい女なんて、まずいない。加えて、「ずっと息子を大切にしてくれる妻」なんて、とっくに絶滅。化石。「すぐに息子に飽きる妻」ならいくらでもいる。それが現実だ。

こんなにシビアに女を見ている私なのに、相撲部員たちを前にすると、ありきたりな姑と化している。現に、「振られた」と「別れた」の二人に、私が紹介できる女の子は何人もいる。だが、彼女たちの誰を思い浮かべても気が強い。姑としての私のメガネには適わない。

亡くなった上坂冬子さんが、数年前に東北大相撲部員全員をご自宅に招いて下さったことがある。東京での試合が終わった後、総勢三十名近くの猛者どもは、動けないほどご馳走になった。その時、上坂先生がお酒を飲みながら、部員たちに言い聞かせた。

「あなたたちね、結婚は必ず親が賛成する人としなさいよ。親が反対する人とは結婚しちゃダメよ」

部員たちは口々に、

「でも、本人同士がいいというのが一番です」

と反論。だが、青臭い学生が束になっても「上坂冬子」に歯が立つわけがない。赤児の手をひねられた学生たちは、酒ばかりあおり、今、思い出してもおかしい。

しかし、親が気に入るような、「気が強くなくて、気だてがよくて、ずっと息子を大事にしてくれる女」を探していたのでは、結婚式をせぬまま葬式を迎えるだろう。結局は、息子が決断するのが一番ということか。ただ、その決断に覚悟と責任を持つことである。私は七人の笑顔を見ながら、姑はつらいなァと思っていた。

「アラ還」の若造り

女友達のA子と、B子宅に遊びに行った。やがてB子は、引き出しから大きな茶封筒を出してきた。

「これ、ある会合の写真なんだけど、どう思う？」

封筒の中には、台紙付きの大きな記念写真や、色んなスナップや、何十枚もの写真が入っていた。写っている人たちは全員が女で、全員が私たちと同年代だという。それを見て、A子が言った。

「二極化じゃなくて、三極化ね。ファッションもヘアも化粧も」

A子はファッションの仕事一筋に来た人で、そのセンスとオーラは、どこにいても際立つ。

「三極化って、何？」

B子が食後のお茶をいれながら、不審気に訊く。

「つまりね、洗練されてカッコいい人たちがいる。もうひとつは若造りグループね。もうひとつは年齢より老けて見えるグループ。この三極」

A子がそう答えると、B子は大きくうなずいた。

「やっぱりファッションのプロから見てもそうか……。写真でなくてナマで見ると、その三極はもっとくっきりなのよ。表情とか話し方とかに、その三極がモロに出てるんだわ、これが。私らアラ還は難しい立ち位置にいることを実感させられた」

「アラ還」とは「アラウンド還暦」、六十歳前後の人たちを示す。「アラサー」や「アラフォー」等、私は使いたくない言葉だが、もはや市民権を得ている。その「アラ還」軍団の写真を見ながら、プロのA子が言う。

「私は個人的には、若造りグループが一番みっともないと思うんだけど、たとえばこの人たち。若造りしなければ、すごくステキになると思うよ」

彼女が示した写真の一人は、かなり明るい赤系の茶髪。これでもか！ というほどにシャギーを入れたヘアスタイルに、穴のあいたデニム。Tシャツの上に、流行の革のライダースジャケットである。

もう一人は舞台化粧のような、こってりバッチリの化粧。会合では「娘と共有の服ばっかりよ」と自慢気だったそうだが、胸のすぐ下で切り換えたミニワンピースは、確かに私の姪もよく着ている。そのワンピースの下にレースのゾロッとしたスカートをはき、バックスキンのごついウエスタンブーツ。私如きには理解不能のセンスだが、孫が三人いる「お祖母《ばあ》ちゃん」としては、若いというか……不気味というか。

A子はつぶやいた。

「とにかく三十過ぎたら、こんな色の髪や服はダメ。それに、誰がここまでメイクする？　シワやシミを隠してるんだろうけど、かえって目立つの。正当メイクで正当に若造りできるのに、それは全然頭にないのね」

それならと、B子が訊く。

「じゃあ、老けて見える方がマシってこと？」

B子が示した写真の一人は、瘦《や》せた体にグレーのVネックセーターを着て、紺色のタイトスカート姿。あまり手入れしていないように見える首とデコルテが、Vネックから貧相にのぞく。A子は断言。

「この人は、老けて見える以前よ。こんなゴミ出しに行くような普段着で会合に来ること自体、もう終わってるね、女として」

A子は写真を見ているうちにムカついてきたらしく、言葉がきつくなっている。そして、もういいとばかりに写真を封筒に戻すと、言った。

「立ち位置が難しいのはアラ還の女ばかりじゃないの。日本では三十前後、アラサーから若造りが目立つでしょ。そのまんま、四十代になっても五十代になっても若造りする。それも、五十代が四十代の若造りするんじゃなくて、二十代の若造りをする。四十代も三十代も、二十代に造る。もちろん、全員がそうだとは言わないわよ。でも、どの年代でも立ち位置が難しいのは、女の気持ちの中に『若いことが美しい』と刷りこまれてるからよ。だから自分の年齢に自信が持てない」

私はA子の言葉を聞きながら、ふと思った。どの年代でも立ち位置が難しいのは、「女は幾つになっても、ステキであらねばならない」とされているからではないか。誰に命ぜられたわけでもないのだが、いつの頃からか「女はいつ迄もステキであるべき」となり、「女を捨ててはダメ」となり、「年齢不詳」がもてはやされ、そんな著名女性が女性誌で生き方を語るようになった。

それに近づくためには、「若く見えること」がまず必要だと思うのは道理。ついには不気味な「二十代風お祖母ちゃん」に行きつくのも道理というものだ。

考えてみれば、昔はアラ還になれば、もはや人生の終焉。「ステキであるべき」だの「女の現役」だのは誰も期待しないし、本人も考えもしなかっただろう。が、今は八十代や九十代であっても、そういう女なら若い人の見る目が違う。憧れられる。大変な時代なのだ。

A子は外国暮らしも長く、外国人女性は「飛び抜けてきれい」が目立つそうだ。

「でもね、総じてきれいなのは圧倒的に日本。日本女性のアベレージは世界でもトップクラスだと思う。だからこそ、妙な若造りはやめてほしいのよ。若造りって、すればするほど実年齢が焙《あぶ》り出されるのよ」

と力説した。

すると、B子がアルバムを持ってきた。

「ご高説を承っている最中ですけど、見てこれ。二十五年前の写真よ」

一目見るや、A子と私は、

「ギャーッ！　若造り！」

と目を覆った。そこには白塗りで舞台化粧のようなA子と、ビール色の髪をした私が写っていた。

オバサンはしつこい

ある夜更け、電話が鳴った。取ると女友達からで、

「今日はひどいめに遭っちゃった。私も言いすぎたかなと、後味悪くてサ」

と言う。

聞けば、彼女は女友達と映画を観て、買い物をして、帰りに食事をする約束をしていたそうだ。彼女は責任のある仕事に就いており、休日でも呼び出されるし、長い休暇など無縁である。しかし、自分の仕事が大好きで、私と同年代の立派な「オバサン」なのだが、生き生きと走り回っていた。

その彼女が映画の約束をした際、女友達にハッキリと言ったそうだ。

「その日は絶対に大丈夫で、呼び出しもありえないの。だから心配しないで」

すると、約束の日の十日前に、その女友達から電話があり、確認されたという。

「ホントに大丈夫なの？」

「もっちろんよ」

すると二日後に、今度はメールが入った。

「約束の日、大丈夫？　忙しいならやめましょう」

彼女は「まったく心配なし。楽しみよ」とメールで返事をした。すると前日、またも電話があり、

「明日、いいのね？　迷惑じゃない？　本当にいいのね。やめてもいいよ」

と言われた。あまりにたび重なる念押しに、さすがに彼女はうんざりした。だが、日頃の多忙ぶりを知っている女友達であるだけに、気を遣っているのだと思い直し、明るく言ったそうだ。

「私、今迄、ダメな時は何があろうとダメって言ってたでしょ。私が大丈夫って言うのは、ホントに大丈夫ってことなの。だから、何の心配も気遣いもいらないよ。久しぶりに二人で会えるの、すごく楽しみよ」

そして当日、二人は駅でおち合った。すると、映画館に向かいながら、

「ホントにいいの？　迷惑じゃないの？　忙しいなら今からやめてもいいよ」

等々、女友達は言い続けた。

そして、映画終了後、女友達はまた言った。

「忙しいだろうから、買い物やめて帰ろうか。私なら構わないから、遠慮しないで帰ろう」

とうとう、彼女はブチ切れた。

「あーッ、しつこいッ。しつこいのはオバサンの証拠よッ。いいからアナタ、帰って。私はせっかくの休みだから、友達呼んで買い物して食事するわ。じゃ！」

そう怒鳴ってタクシーを止め、走り去った。そして別の友達二人を呼び出し、休日を満喫したそうだ。彼女は私に電話で言った。

「タクシーの中で、ふと思ったのよ。彼女自身が早く帰りたいから、ああ言ったのかもって。それで友達二人にそう言ったの。そしたら、二人ともすぐ否定して、何て言ったと思う？『オバサンは念押しする。オバサンはしつこい。それだけの話』、『同じタイプの友達、私にもいるよ』って」

実は私にも同じタイプの友達がいる。その念押しとしつこさと言ったらない。なるほど、この二つはオバサンの証拠なのか。「オバサン」を定義することは難しいが、確かにこの過剰な念押しとしつこさは、一般社会では通用しないだろう。ということは、オバサン社会独得のものと考えてもいいのかもしれない。

そんな話を電話でしていると、彼女が唐突に言った。

「そういえば私、もう一回ブチ切れたことがあったわ。『事件があると、はしゃぎまくるのはオバサンの証拠よッ』って」

「それは確か。非日常の事態に、はしゃぐのはオバサンのお家芸よね」

「そ。マキコが病気した時、オバサンとそうでない女がハッキリわかった」

「うん、後から聞かされて大笑いした」

「笑いごとじゃなかったのよ。オバサングループは目を輝かせて『彼女、再起不能だってよ』、『彼女、もう長くないって』とか、声をひそめるだけじゃ足りなくて、目なんかしばたいちゃうんだから」

　そうなのだ。と言っても、私は盛岡の病院に入院していたので何も知らなかったのだが、「オバサングループ」は私が脳の「不治の病」に襲われたと噂し、「ああ、お気の毒」と顔を覆い、「彼女が何の悪いことをしたって言うの」と天を仰いだりしたらしい。

　あげく、「ヨダレ掛けが必需品だって。ああ、お気の毒」と、全然お気の毒ではない声で、ふれ回ったのだろう。かと思うと、「超」がつくほど張り切った声で、私の秘書のコダマに電話をよこし、

「やっぱり倒れたのねッ。私、いつか倒れるぞって予感してたのよォ！」

　と叫ぶ人たちもいたというから、これもすごい。「念押し」や「しつこさ」と同様、他人の不幸や事件に張り切ってしまうのは、確かに若い子にはあまりいない気がする。

だが、私は電話で彼女に言った。

「でも、オバサンは可愛いの。張り切るほどの事件じゃないとわかると、ピタッと鎮《しず》まるもの。私が再起不能でもなく、ヨダレ掛けも不要ってわかるなり、ピタッとおさまったのよ。こういうところはしつこくない」

「そうか……。私たちも気をつけようね」

彼女はそう言って電話を切った。すると、ほんの一分後、また電話があった。

「さっきの女友達からメールが来てた。『買い物と食事、来週どうですか。今日はとってもザンネーン』って。絵文字入りまくりよ。オバサンってこたえないんだ。言い過ぎたとかって気にしてた私がバカ」

「この話、読者が共感するわ。書いていい？」

「いいわよ。ただし、夕食三回オゴリね。お寿司とフレンチとすき焼き」

オバサンは転んでもタダでは起きないのであった。

道の駅が好き

私は「道の駅」が大好きで、「道の駅」と聞くだけで武者震いがしてくる。

昨年、盛岡在住の作家斎藤純さんから、電話があった。純さんは、いわて沼宮内《ぬまくない》にある「石神の丘美術館」の芸術監督でもある。

「今度、うちの美術館でプロポーズの言葉を募ってコンテストをやるんだけど、その審査委員長をやってくれない？」

すぐに引き受けた。

というのは、石神の丘美術館は野外彫刻美術館である。野外で彫刻を見るのは、とてもいいものだ。まして、岩手の山々や宮沢賢治が愛した風や光と共にある地だ。東北新幹線のいわて沼宮内駅からも近いし、前から一度行ってみたいと思っていたのである。

聞けば、広大な敷地の中の高台に、「恋人の聖地」と呼ばれる一角があるそうだ。そこに行った恋人たちは別れないと言われ、それに因《ちな》んでプロポーズの言葉コンテストを企画したらしい。

　ところが、選考会は東京でやり、表彰式をその「恋人の聖地」で行うのだという。それも十二月が目前の日である。岩手である。広大な高台である。雪だの霙《みぞれ》だのが普通だろう。野外彫刻を見るどころか、表彰式だって凍りつくだろう。私が、

「選考会はいいけど、病後の身だからその表彰式は無理だと思う。まだそこまでの体力は戻ってないのよね」

　と言うと、純さんは、

「そうか、病後だものなァ。一応、うちの美術館のパンフレット、送るね」

　と電話を切った。

　間もなく送られてきたパンフレットを読んでいた私に、武者震いが走った。何と、美術館の隣に「石神の丘」という「道の駅」があるではないか。私は直ちに、純さんに電話をかけた。

「行く！　表彰式、行く」

　つい先日まで、「病後の身」だの「体力は戻ってない」だのと言っておきながら、この変わり身だ。

　そして、表彰式当日は快晴。風は師走の冷たさだが、陽が降り注ぎ、薄いコートで大丈夫

なほどであった。

終了後、私はすぐに「道の駅」に飛びこんだ。とてもきれいで明るい店内ばかりではなく、店の外にも岩手産の野菜が山積みになっている。それはもう破格の安さ、破格な新鮮さ！

私はとにかく野菜が好きで、見ると興奮してパニックになる。あきれた純さんがカートを持って来て、押す。私はもう手当たりしだいである。大根、人参、キャベツ、ゴボウ、長芋、ホウレン草、白菜、トマト、ブロッコリー、ハーブ、キュウリ等々の野菜はもとより、大豆などの豆類、岩手町特産のブルーベリーカレーのレトルト、ソーセージ、ハム、ウィンナー、知らない人が見たら、うちは二十人家族だと思うだろう。長身でイケメンの純さんにカートを押させ、買いまくる姿は知らない人が見たら、ホストクラブの経営者と思うだろう。

これらをドカッと宅配便で東京に送り、私は二十人家族分を喜々として一人で食べたのである。

が、野菜好きの人間はここで終わらない。野菜のシッポや捨てる根から、なおも葉を育てるのである。

特に「道の駅」で買うような新鮮な野菜は、すぐに根を出し、葉をつける。ちょっとした薬味や彩りに使う程度なら、簡単に収穫できる。土に種を蒔いて育てるのは面倒でも、小皿に水を入れて育てるのだから手間いらず。

今回、「石神の丘」で買ったクレソンは、マグカップに水を入れてさしておいたところ、三日ほどで発根。どんどん葉が育つので、摘んでは食べる。根が大きくなったら土に植え替えると、もっと収穫できる。

面白いのはキャベツ。遊びに来た女友達が、

「あなたが何でも水に突っこむのは知ってたけど、キャベツを水で育てる女って初めて見た」

と驚いたのだが、面白いのでお勧めする。水を入れた茶碗（抹茶茶碗のような器がいい）に、キャベツの芯を入れる。水は深さ二センチもあれば十分。十日かそこらで芯から葉が出てくる。これがまたどんどん大きくなるのだ。イメージとして、春キャベツのように柔らかな葉が出るのかと思われようが、正反対。ゴワゴワの厚く逞しい葉である。むろん、少量ではあるが、他の野菜と一緒に炒めると、緑色がきれいでおいしい。

その他、たいていの野菜はこうやって薬味程度の量は穫れる。私が何度やってもうまくいかないのは、香菜。根を水につけておくと確かに葉が育つ。ところがこの葉、全然匂わないし、嚙んでも香菜の味がしないのである。無味無臭な香菜は香菜ではない。何度やってもダメ。土に植え替えてもダメ。致し方なく、これは諦めた。

「石神の丘」で大根を買って約二か月後、今年の二月のことだ。ふと見ると、皿で葉を育て

ている大根が、小さなつぼみを持っている。何日か留守にして、この大根に全然注意を払わず、水も替えていなかった。カラカラの皿で、葉もつぼみもクタッとしている。慌てて水を入れ、陽当たりのいい場所に置くと、何という生命力だろう。たちまちピーンとなり、数日後には薄紫の花が開いた。

死にかかっていたというのに、私は感激し、写真を撮って純さんに送った。

「さすが新鮮な大根は違うわ。イッチョ前に花よ！」

すると、彼から返事が来て、書いてあった。

「いい話です。今年もプロポーズの言葉コンテストやります。九月です。どうぞよろしく」

私の「道の駅好き」は、カンペキにバレている。

死神とメロンパン

映画『恋するベーカリー』を観た。メリル・ストリープ主演のラブコメディだ。終わった後、私は衝撃のあまり口もきけず、立ち上がることもできなかった。どうして。ストリープの相手役のアレック・ボールドウィンは、どうしてあんなに肥えたんだ。「太った」なんてものではない。「肥えた」としか言いようがない。

ボールドウィンは、一九五八年生まれの五十二歳。私が最後に観た彼の映画は、一九九二年に公開された『摩天楼を夢みて』である。少なくとも一九九二年までは、間違いなくアメリカが誇る二枚目俳優だった。それも単に甘い二枚目ではなく、冷徹さも陰影もあり、何とも言えぬ深さを漂わせる目は、屈折した男の裏を見せるような、いい二枚目だったのだ。『摩天楼を夢みて』では、辣腕で非情な営業マンを演じているのだが、濃紺のスーツをスキッと着こなし、全然肥えちゃいなかった。

が、今年二月に公開の『恋するベーカリー』ではもうプクプク、パンパン、タポタポ、マルマル。顔はメロンパンだ。私はこのデブなオジサンがあのボールドウィンだとは気づきもせず、「このオジサンがベーカリーの店員なんだわ。ぴったり」と思っていた。ところが、彼はストリープの別れた夫役で、ベーカリーとは無関係。もしや、このメロンパンがあのボールドウィンではないだろうか……。まさか……。やめて！　でも……。私は暗がりで恐る恐るパンフレットを開いて確認してみた。

そうだった。メロンパンはボールドウィンだった。

あまりの変貌ぶりに気をとられ、映画の筋もセリフもほとんど記憶にない。何しろ、あの美しかった彼が、毛むくじゃらの厚ぼったいだけの胸をコミカルにさらすし、大黒様か布袋様かという太鼓腹をあらわにするし、ついにはカメラに向かってヌードの巨大なお尻をむき出した。

今や、アメリカのテレビにおけるコメディには欠かせない俳優だそうで、体をさらすプロ根性には脱帽する。だが、これがあのボールドウィンか……という思いは消えない。

私が何より衝撃を受けたのは、「人は肥えると、こうも顔が変わるのか」という事実である。もしかしたら、加齢による変化よりも大きいかもしれないと思わされたほどだ。

私はスクリーンで、ボールドウィンばかりを追っていた。太ると、いや、肥えると、体も顔もふくらみ、見るからに重そうになる。アゴの線が消え、頬にたっぷりと肉がつく。目も鼻も肉に埋もれ、鋭さが失せる。ただ、やせていた時にはなかった安心感や人のよさや、可愛らしさが漂うこともまた事実だ。

近年の彼は、悪役にも挑戦して評価を得ているそうだが、「大黒様のお腹で安心感のある可愛い悪役」って、シナリオライターはどう書くのだろう。

しかし、ふと思い出したのだ。人間はやせればいいと断言もできないことを。ボールドウィンに関しては私個人はやせている時の方がずっとステキだと思う。だが、やせたことでかえってステキではなくなるケースも確かにある。

たとえば、ダイエット成功者が雑誌に登場していることは多い。細くなった体や顔をアピールし、ダイエット前の写真と並んだりする。比べて見た時、「何だか太っている時の方がよかったのに」と思うことは、まあある。

そう思うのは私だけではないようで、ある日、男友達の一人が言った。彼はあるダイエット方法を頑張って続けていたのだが、やめた。そして、その理由を力説した。

「成功した男の写真を見てたらさ、俺はこうなりたいんじゃないって気づいてさ。成功しただけあって、ぜい肉はなくなってるけど、目だけギョロギョロして、死神だよ、死神。太ってる時の方が、ずっと生き生きしてる。医学的なことは別にして、ヴィジュアルという意味では、やせりゃいいってもンじゃないね」

彼は自分で気づいたからいいが、懸命のダイエットでやせた男女に向かい、

「太ってた時の方がいい」

とは言えない。それが深い友情から出た言葉であってもだ。たとえ、

「それ以上は、やせない方がいいわよ」

と、婉曲に言うにしてもだ。というのも、やせてステキになる男女もたくさんいるせいか、私たちには「やせればステキになれる」という固定観念がかなり強い。そのため、本心から、深い友情から、

「太っていた時の方がいいわ。それ以上、やせちゃダメよ」

と言ったとしても、相手は必ず思う。「フフン、私のこと妬んでるのね。自分はやせないからくやしいのよ。ウフ♡」と必ず。

私の女友達A子の大失敗例がある。B子という友達がダイエットに励み、別人のようにやせた。が、私も他の人たちも、「何だか病人みたい。太っている方がきれいだった」と思っていたが、口には出さなかった。

ところが、A子は友情が深いあまり、言ってしまった。するとB子は、

「ヤダ、くやしいのね」

とせせら笑った。本心からの忠告を鼻で笑うB子にムッとしたA子は、

「くやしいなんてとんでもないわ。老けて貧乏くさくなりたい人なんかいる？　あなた、鏡見なさいよ」

と言ってしまった。あれから二〇年もたとうというのに、友情は回復不能だ。

メロンパンと死神、どちらもイヤだし、どうすればいいものやら。

文句？　あるわよ

三月十六日に、「第30回毎日経済人賞」の贈呈式があり、三菱重工業の佃和夫会長と、フェリシモの矢崎和彦社長が受賞された。

これは毎年、そうそうたるトップ経済人が選ばれており、大変な栄誉である。三菱重工業は私の古巣でもあるし、佃会長をよく存じあげているので、贈呈式にお祝いに伺った。

祝賀パーティでは、受賞者お二人と由縁《ゆかり》のある方々がスピーチをされたのだが、その中で、私が思わず「オォ！」と声をもらした言葉があった。経済産業省の望月晴文事務次官の一言である。

望月次官は、産業界における日本の技術の高さは、世界に誇るランクにあるとし、次のように続けた。

「日本は技術で勝って、利益で負けている」

これには本当に「オォ！」となった。というのも、相撲界には、

「相撲に勝って、勝負に負ける」

という言葉がある。これはたとえば、「堂々たるみごとな相撲を取ったのに、勇み足で負けてしまった」とか「積極的に果敢に攻め、いい相撲を取ったのに、相手の苦しまぎれの引き技を食らって負けた」とか、そういうことをさす。つまり、相撲の取り口や内容では勝っていたのに、勝負には負けたということだ。

乱暴に言うなら、「相撲に勝つ」とは精神面や実力面であり、「勝負に勝つ」とは実益面だと言えよう。

この考え方は相撲界のみならず、他のスポーツや勝負ごとにおいても、時に耳にする。特に相撲の場合、精神面の勝利に結構大きな価値を置く。

一方、これを外国人力士に理解させるのは大変だ。まして、中には「出稼ぎ」の意識で来日している力士もいないとは言えず、彼らはとにかく勝って、お金を手にしたい。横綱の頬に張り手をかまそうが、右や左に変化しようが、精神面もヘッタクレもない。お金が欲しい。「勝ちゃいいんだよッ」となる。これは「出稼ぎ」の意識としては、実に正しい。だが、「相撲に勝つ」という精神面や実力面をも重要視する社会では、恥ずべきことなのである。むしろ、「勝ちは勝ち。どんな手でも勝つ方が正しい」とする人たちには、理解不能の禅問答だ。

私は先頃、『「横審の魔女」と呼ばれて』という本を、朝日新聞出版から出した。本コラムで掲載していた「横審リポート」の十年分をまとめ、新たに長いインタビューを加えたものである。この本でも、私は再三再四、「出稼ぎ意識と、相撲道の美意識は相容れない」と書き、インタビューで語っている。元横綱朝青龍が、モンゴルでの記者会見で、「協会から、理不尽な要求も数々あった」と答えたのは、おそらく、こういう理解し難い美意識への忍従もあったからではないか。

私自身は、同書の中でも「相撲に勝つこと」を重要視している。むろん、勝負に勝つことは重要だが、みっともない勝ち方や「勝ち星を拾う」という勝利に、高評価は与え難い。現にかつて、明らかに三賞をもらえる成績の力士が、もらえなかった。勝ち方がみっともなかったからである。

しかし、先の祝賀パーティで望月次官の言葉を聞いた時、日本が「利益で負けた」というインパクトは大きかった。なるほどストレートに「利益」とすると非常によくわかる。

日本は世界に誇る技術を開発し、持っている。しかし、それを使って利益にすることでは他国に敗れた。こういう現実を知ると、何とも腹が立ち、情けなくなる。いいものを持ちながら、なぜそれを存分に使って利益に結びつけられないのかと憤る。日本の技術を使って他国が利益を得ることを日本人はどういう気持ちで見ているのかと思う。ついには「立派な技術を持っていても、利益に結びつかなかったら、意味がないでしょ」と腹の中で毒づく。

そして、気づく。これは「相撲に勝っても、勝負に負けたら意味ないでしょ」と変わらないではないかと。

テレビドラマの仕事をしていると、視聴率はやはり気になる。「いいものを作れば、視聴率なんて気にする必要はない」という意見もあるが、農家の人が「最高の米ができたので、売れなくても気にしない」とは言うまい。受験生にしても「できる限りのことはやったので、不合格でもいい」とは思っても、自分より勉強ができない友人が「実力で負けて、勝負で勝った」とあっては、世の中がいやになる。

やはり勝負は勝たなければいけないし、ビジネスにおいて利益はあげなければいけないのだ。

とはいえ、「勝ちゃいいだろ」「儲《もう》けりゃいいだろ」でいいのかとなると、そうも言い切り難い。

大相撲大阪場所前、多くの人たちが「朝青龍を引退させてしまい、集客に影響する」と言ったが、私は「影響しない」と、このコラムにも書いた。ふたを開ければ、八日間の満員御礼で、昨年の大阪場所よりわずか一回の減少。それには多くの理由があろうが、客は「勝ちゃ文句ねえだろ」という姿勢の力士に、倦《う》んでいたことはあると思う。もう見たくないなという気持ちだ。

すべてのジャンルで「精神面」が第一義とは思わないが、「技術に勝って、勝負で負ける」ということは、各ジャンルでどう解釈されているのだろう。

「記録には残らないが、記憶に残る仕事」という言葉も、その一種だろう。

私自身は、大阪場所の満員御礼の回数も見ても、「勝ちゃ文句ねえだろ」は結局、いい結果を招かないと考える。もっとも、一番文句のないのは「技術で勝って、勝負にも勝つこと」ね。

リクルートファッション

女友達が電話をかけてきて、沈んだ声で言う。

「姪の就職が決まらないのよ。面接までこぎつけられないの。もう三十社近く」

私は見たばかりのテレビ番組を思い出し、

「決まらないまま、卒業式を迎える学生も多いんだってね」

と言うと、彼女はため息をついた。

「姪もそれ。卒業しちゃったの。で、今日電話したのはね、姪が『牧子おばちゃんの考えを聞いて』って言うから。実はね、一社だけ面接にこぎつけたの」

「あらァ！　よかった」

「よくないの。もう落ちたから、一次面接で」

彼女が言うには、姪はいわゆるリクルートファッションで面接に臨むのがイヤだった。大学の友人たちは男も女もエントリーシートが通ると、面接日に合わせて茶髪を染め直す。ピアスを外し、女子学生は派手なネイルアートをやめる。そして面接当日は、男も女も紺の地味なスーツを着る。男はこれまで着たこともない白Yシャツに、キチッとネクタイを締める。女も白いブラウスで、肌色のストッキング、薄化粧だ。

「姪はね、そういうのは嘘だし、自分らしくないからって、そうしなかったんだって。私は他人《ひと》とは違うからって意識よね」

女友達が言うには、姪は白いTシャツにピンク色のジャケットを着て、ジーンズ。明るい茶髪をシニョンにまとめ、小さな揺れるピアスをつけていたそうだ。

「姪以外は全員が紺のリクルートファッションだったって。落ちたのは、服装のせいばかりではないと思うわよ。でも、面接室に入ったとたん、悪印象を持たれたのがわかったって。自分らしさを見せるのはダメで、普段はメチャクチャな学生が嘘で固めてリクルートファッションをすれば、それはいいのかって、姪は落ち込んでるのよ。自然な自分らしさを見せるべきだって言うの。で、あなたに聞いてくれって」

私はそう言われて、読んだばかりの新聞のコラムを思い出していた。四月三日付の『朝日新聞』に、偶然にも相反する内容のコラムが二つ出ていたのである。

ひとつは「若い世代」という投稿欄だ。二十二歳の女性会社員が、黒ずくめのリクルートファッションに異を唱え、自分は「堅すぎない服」で行ったと書く。会社はそんな彼女を認め、採用。彼女は就職活動の服装について、「周りに決まり切った格好が多いだけで、決まりなんてないのです。かしこまらずにできる範囲で、自分らしさを出したらいいと思います」と書き、「私は人と違う方が楽しいです」と結んでいる。

一方、同日付の「あなたの安心」というコラムでは「男のスーツ姿・初級編」として、これまた興味深い論が展開されている。

二十七歳の男性営業マンは、商談相手二人と顔を合わせた時から、悪い印象を持たれたと気づいた。女友達の姪と同じ状況だ。彼はネクタイが少し緩み、シャツの第一ボタンを留め忘れていた。商談の相手は、服装の緩みと本人の能力欠如を重ねて見たようだった。

さらに、コラムでは別の男性社員のエピソードも紹介されている。その彼は営業先で好感触を確信していたところ、最後に先方に言われた。

「袖にあるボタンが留まっていない。ビジネスでも隙《すき》があるように感じる。君とは取引しない」

すでに二十年近くがたち、今は社員の上に立つ彼は、次のように語る。

「座敷に上がった時に靴下がやぶけているなど、ふだん見えないところの隙に気づくと『こちらの見えないところで手を抜く人では』と思われてしまう」

そして、同コラムではイメージコンサルタントの大森ひとみさんもコメントしており、その言葉は重い。

「『中身で勝負』というのは甘えでしょう。中身は当然あるものとして、それをきちんと人に伝えるために外見も磨かねばならない」

さらに、

「きちんとした外見はコミュニケーションの手段であり、リスクマネジメントでもある。外見で第一印象が悪くなると、大きく不利になることもある」

と続けている。

私は大森さんのご意見に全面的に賛成である。

ただ、女友達の姪や「若い世代」の投稿者のように、「自分らしさ」を出すべきだという意見は、その年齢として非常に健全だと思う。青くさい考え方は、その年代にだけ許されるものだ。だから、私はいいトシこいた男女で「自分らしさ」なんぞと誇らし気に口にする人たちには辟易《へきえき》する。

女友達の姪の考えは健全であり、正論である。だが、それでもやはり、大森さんの考え方を身につける方がいいと私は思う。これはまさしく、リスクを回避する術なのである。

コラムにある通り、ボタンひとつで「隙がある」と思われることはもとより、何よりも服装は相手への敬意だからだ。つまり、「ナチュラルな自分らしさ」を表現するために、Tシャツにジーンズで面接に行っては、相手をそのくらいカジュアルなものとしてとらえていると思われても致し方ない。服装は相手への敬意のバロメーターであり、カジュアルに過ぎると「無礼」となる場合は多々ある。そんなことさえわからないのが、この人の「自分らしさ」かと思われても弁解できまい。

女友達は私の意見を姪に言ったそうだ。すると、姪は答えたという。

「フン、何よ、牧子おばちゃんってもっと自由人かと思ったよ」

おあいにくさま。

エコひいきな人々

私が「聞いて驚くな！」と言って、この話をすると友人知人はそろって、

「驚くよりあきれた……」

とつぶやく。

そう、私はこの四月からＴＯＫＹＯ　ＦＭでラジオ番組のホステスをやっているのだ。それも、何とエコにちなんだ番組で、その名もズバリ、「内館牧子のエコひいきな人々」という。私はエコも地球温暖化も全然わからない。

友人知人は言う。

「あなた、病気して手術して声が昔と変わったって嘆いてなかった？　なのにラジオに出ちゃう⁉」

私は答える。

「声は変わって低音になったけど、かえってハスキーでセクシーだってみんな言うから、い

いの」

「他に言いようがないからそう言ってんのに、ノー天気で得難い性格ね。それにしても、あなたがエコの番組やるってホラーだわ。どういう番組なの」

「局側が書いた番組コンセプトはね、①エコの達人たちに環境問題の現在と未来を聞く！②世間に流布する日常の〝エコの常識〟を問い直す！③〝未来遺産〟の創り手たちから未来へのメッセージ。ま、こういう番組ね」

友人知人は息も絶え絶えに、確認する。

「まさか、あなたがエコの常識を問い直すの？」

「そうよ」

「あなたが、エコの達人？」

「ううん。毎回ね、達人のゲストを招くの」

「ヒェー、あなたがその達人とわたりあうの？」

「そうよ」

友人知人は天を仰ぎ、やがてあきれる。私に対してではない。TOKYO　FMに対してだ。この無謀なキャスティングは、鋭いのかヤケッパチなのかと。

ヤケッパチどころか、このキャスティングには局側の深ーい思惑があるのだ。というのも、お二人のホストが、交互に私と一緒に出演して下さる。このホストがすごくて、一人は電気自動車の研究開発の第一人者で、慶大教授の清水浩さん。もう一人が米国ヴァージニア工科大学で研究室長等を歴任され、現在は国立環境研究所理事の安岡善文さんである。

考えてもみて欲しい。このお二人が、エコの達人ゲストと話したのでは、あまりにご立派な番組になりすぎる。そこでＴＯＫＹＯ　ＦＭは考えた（に違いない）。「そうだ、エコとタコの区別がつかないホステスを入れよう」と。

エコに多少でも関心のある人なら恥ずかしくて口に出せない「タコな質問」でも、そんなホステスなら平気でするだろう。それは、エコとタコの区別がつかないレベルの人々を、広く啓蒙することになる。ＴＯＫＹＯ　ＦＭはそう考えた（に違いない）。そして、タコ代表として、私に話が来たのである。

私は「これからはエコを知らなきゃ人間じゃないわ」と突然燃え、お引き受けした。

第一回は四月十一日に放送されたのだが、初回ということで、ホスト二人と私の三人で、地球温暖化やその怖さなどについて語りあった。そして、早くも私は期待に違わぬタコっぷりを発揮してしまった。

そこで、読者の皆さまに質問である。

「地球は大気に覆われています。もしも、大気がなかったら、地球の平均気温は何度になるでしょう」

私は本番の中で、安岡さんにこう質問され、考えた。

「大気って、地球にしてみりゃマフラー巻いてるようなものよね。で、宇宙って真っ暗で寒そう。マフラー取ったらすっごい寒いわよ」と。これを本番中に瞬時にして考える私はすごい。そして力一杯に叫んだ。

「マイナス一〇〇度!」

ホスト二人は固まった。マイナス一〇〇度の急速冷凍の固まり方だった。正解は「マイナス一八度」だという。

後日、私は男友達や女友達に、同じ質問をしてみた。

まずはA男。彼は日頃から「俺、エコに関心がある」と公言してはばからず、自信満々に答えた。

「摂氏一〇〇度。大気がなけりゃ、太陽がガンガン当たって灼熱になるからね」

そして、B子。

「摂氏数千度ね。太陽が直接当たるもん」

さらに、C男。ゆったりした京都弁で答える。

「マイナス六〇度ってとこやろか。イヤァ、B子はんのように数千度いうたら、地球が溶けますやん」

そして、D子は見て来たかのように答えた。

「大気がなくなるとね、太陽が直接当たる昼間は摂氏五〇〇度、夜はマイナス五〇〇度。昼夜の差が激しくて、生物は皆死ぬの」

まったく、私の友達ってオールタコ。すると、たまたま中国に住む弟から電話があったので、同じ質問をしてみた。

「摂氏五度だな。理由？　そんなもン、ないよ」

正解はマイナス一八度だと伝え、友人たちの答えも言うと、弟は電話の向こうで勝ち誇った。

「オオ、みんなの答えの中で、俺が一番正解に近いな」

そういえば弟が小学生の頃、理科の時間に「太陽の温度」を問われた女子児童の一人が「一五度」と答え、もう一人は「二〇度」と答え、二人とも叱られたそうだ。弟は帰宅後、母に「一五度より二〇度の方が正解に近いのに」と訴え、同じに叱った教師に不満気だった。

この話は今でも我が家の語り草だが、五十年たっても、弟の思考に何らの進歩もない。

番組は、朝早くの放送だが、ちょっと早起きして、ぜひご一緒に「タコからエコ」に！

二度目の幸せ

秋田に行くため、新幹線「こまち」に乗った。

その時、一組の夫婦が乗ってきた。夫も妻も八十代後半か、あるいは九十代に入っているかもしれない。二人は、私の席とは通路をはさんだ隣に、並んで座った。妻は窓側に、夫は通路側にである。

上品な雰囲気の夫婦だった。私はそれ以上は気にもとめず、本を読み始めた。

しばらくたって、何気なく二人を見て、目を疑った。夫が妻の手を握っているではないか！

だが、よく見ると握ってはいなかった。妻は自分の膝の上に手をのせており、夫も妻の膝に自分の手を置いていた。握ってはいないが、二つの手は妻の膝の上で接している。そして、夫は体を妻のほうに向けて座り、外敵から守る壁のようである。二人は小さな声でしゃべり続け、時折、妻の可愛らしい笑い声が聞こえた。

これは絶対に夫婦ではないなと思った。夫婦というものをやったことのない私が言うのもナンだが、夫婦はあんなにしゃべり続けないだろう。ひそやかに可愛い笑い声もあげないだろう。そして何よりも、旅行中に夫が妻の膝にずっと手をのせていることなど、ありえまい。

やがて、夫というか男のほうがトイレに立った。この時、「夫婦ではない」という私の疑念は、確信に変わった。というのも、トイレに立つ男を、女は「淋しいわ。行っちゃうの？」とでも言いたげな目で、背中を見送るのだ。その後、バッグからコンパクトを出すと、サッと肌をおさえた。

間もなく、男が通路を歩いて戻って来た。歩きながらの目は女に注がれており、席に座る時は思いっ切り微笑んだ。それはあたかも「待たせたね。もうどこにも行かないよ」とでも言うような、そんな笑みだ。

こんな夫婦がどこにいる。私の周囲なんて、五十代も六十代も、特に妻のほうが、

「何の因果で、亭主と旅行なんかしなきゃなんないのよ。冗談じゃないわ」

と毒づくし、七十代に至っては、

「今、夫と出かけて帰って来たとこ。え？　旅行じゃないわよ。夫を遠くの施設に送り届けて来たの。外泊許可で帰って来てたからもう面倒で。やっといなくなって、明日は友達とホテルでランチよ！」

と言った人も知っている。

なのにだ。九十代かと思う男女のあのムード、もしも夫婦だとしたら、人間国宝だ。しかし、国宝はめったにないものである。となると、あの二人は「不倫」か。九十代の不倫。ステキだけど、国宝以上にめったにないか。

私は一緒にいた秘書のコダマに囁いた。

「あの二人、夫婦じゃないと思うのよ。仲がよすぎるもの。不倫かしら」

コダマはチラと二人を見るや、高らかに断言した。

「いいえ、不倫じゃありません」

「え？　じゃ、夫婦？」

コダマは二人の娘かと思うほど、キリリと言い切ったではないか。

「はい。再婚です」

おお、鋭い。ありうる。

「そうか、再婚だわ。不倫にしちゃ、そういう匂いがしなくて、品がいいし」

コダマは二人の仲人かと思うほど、力強く断言した。

「そうです。再婚です」

きっと、あの二人はツレアイに先立たれ、ひ孫さえいる年齢になった今、残りの人生を楽しむために、新しい伴侶が欲しいと思ったに違いない。高齢者のお見合いパーティで知りあったのだろうか。それとも亡夫の友人とか、亡妻のクラスメイトとかだろうか。

勝手に色んなことを想像しながら、心から快哉を叫んだのは、「人間の忘れる速さ」だった。

あの二人は、若い頃からずっと、ツレアイと苦楽を共にしたはずだ。子育てや貧しさや姑の苦労もあったかもしれないし、浮気やギャンブルに泣かされたかもしれない。だが、可愛い孫を囲んで家族旅行したり、立派に成人した子供たちが金婚式を祝ってくれたり、これが平凡な幸せというものだと、しみじみ思ったりもしただろう。

であればこそ、ツレアイが死んだ時の悲しみは深かったはずだ。姑問題も浮気も貧乏も、何もかもが遠い思い出になり、この人と共に歩いた年月は結構面白かったと、感謝の念が生まれたと思う。と同時に、この人と出会えた縁の深さを思うと泣けただろう。世界中の何億人という男女の中から、この人と夫婦になった縁の深さ、この人と出会えたからこそ得た子供や孫や、数々の宝を改めて思っただろう。そうなると、ツレアイの死によって、自分の人生も実質的には終わったと感じても不思議はない。

だが、人間は忘れる。ケロッと忘れる。あれほど嘆き、悲しみ、二人の人生を無二のものと思っていたのに、新しい出会いがあれば、過去はみるみる生気を失う。一抹の後ろめたさ

からか、

「一人では淋しいし、この出会いを、きっとあの人も喜んでくれる」

「この出会いは、あの人からの贈り物だと思う」

等々と自分に言い聞かせ、他人にもそう伝える。だが、自分にも他人にも、そんな言い訳は不要だろう。

忘れることはいいことなのだと思う。確かに、成人した子供でさえも、親の出会いを歓迎しないとよく聞くし、「もう忘れたのか」となじるというケースも聞く。だが、この世の現実的な動きはすべて、生者の側に立っている。生者が二度目、三度目の幸せを求め、得ることに、何の遠慮がいるものか。忘れていいのである。

それにしても、あの九十代の二人、十代のようだった。

クラスメイトの死

「サクマが……死んだ」

　高校のクラスメイトからそう電話があったのは、この四月。雨の夜だった。その日は十四年前に亡くなった父の命日でもあった。

　クラスメイトの訃報が届くと、私はいつも必ず、なぜか真夏の校庭を思い出す。訃報が冬に届こうが、雨夜に届こうが、反射的に甦るのは真夏の校庭だ。

　小学校のクラスメイトだと小学校の、中学や高校だとその校庭。真っ赤なカンナや、真っ黄のヒマワリが、夏空に顔を上げて、クワッと吠えている。それはそれは暑い夏。

「そっか……、サクマ、死んじゃったんだ……」

　私は自宅の窓から夜の雨を眺め、そうつぶやきながら、やはり高校の校庭が浮かんだ。

　冷房もない木造校舎。乾き切った白っぽい土が、むき出しのグラウンド。そこに照り返す強烈な太陽。汚れて朽ちかけた百葉箱。騒々しいほどの蟬の声は、近所の寺からか。すのこを掃く用務員は、腰にトランジスタラジオをさげている。そこから聞こえてくる高校野球の実況放送。暑い暑い夏の、四十五年も昔の校庭。

なぜ、クラスメイトの訃報を聞くと、これらを思い浮かべるのか考えたこともなかったが、若さの象徴として甦るのかもしれない。甦る風景の中にいた頃の私たちは、誰も自分が四十代や五十代になるとさえ思えなかった。まして「死」を自分のこととして予測するわけもない。それらを概念としてわかってはいても、いつまでも真夏の校庭にいられる気になっていた。

クラスメイトの死に衝撃を覚えるのは、今もって相手に「真夏の校庭」を見ているからだろう。実際には還暦でも古希でも、お互いの姿に「真夏の校庭」を見る。それもごく自然に見る。クラス会などで、

「久しぶり！　あなた、全然変わってない！」

「あなたもよォ。すぐわかったわァ」

などと言いあうが、変わっていないわけがない。それはお互いに十分にわかっているし、お互いに心の中で「老けたなァ」と思っていても、それとは別に、相手が真夏の校庭にいた時代が自然に重なってしまうのだ。

であればこそ、クラスメイトにおいて「死」は現実味を持たない。「真夏の校庭」の年代

は、そう簡単には死なないのだから。なのに訃報が届く。ああ、本当は真夏の校庭なんぞ、とっくに失っているのだと実感する。クラスメイトの死は、年をとってからの友人の死とはまた違う衝撃だ。

サクマはこの十年、ずっと闘病していた。だが、彼にも「真夏の校庭」を見ていた私は、死ぬとは考えてもいなかった。その上、彼は私が盛岡の病院に入院中に、心配して手紙まで寄こしている。高校時代から陽気で気がよくて、昔からの性格のままに激励文だった。私にしてみれば、そこにますます「真夏の校庭」を見るわけであり、死ぬなど考えられないのである。

クラスメイトというのは不思議な縁であり、その濃さは単に「友人」の枠ではくくれない。もう十数年も前のことだが、ある企業のトップお二人が、私に食事をご馳走して下さるという。私にしてみれば、いささか肩の張る食事会だ。お二人に、

「内館さんの好きなお店にしましょう」

と言われ、私は即座に、

「では、西麻布の『アルポルト』に」

と答えた。イタリア料理の名店といわれる「アルポルト」だが、そのオーナーシェフ片岡護さんは高校のクラスメイトなのである。彼の店なら、少しは肩の張りもやわらぐ。

すると当日、何とお二人とも夫人を同伴することにしたと連絡があり、

「内館さんもどなたか、お連れ下さい」

と言われた。何とも急なことだが、私は男友達に片っ端から電話をかけた。しかし、いかんせん「今日の今日」である。誰一人として都合がつかない。それに、初対面の方々とも楽しく語ることができて、失礼のないジェントルマンでないと困る。だが、そういう人ほど忙しいものだ。

約束の時間は迫ってくるし、もう一人で行こうと腹をくくった時、突然、サクマの顔が浮かんだ。すぐに彼の会社に電話すると、

「そんな急に行けないよ。それに、みんなに断られて最後に俺んとこに電話してきたろ」

と笑った。私は慌てて、

「違う違う！　一番最初に電話したんだってば。それに、店は『アルポルト』よ」

と言うと、彼の声の調子が変わった。

「そうか、片岡ともずいぶん会ってないなァ」

「でしょ、でしょ。行こ」

「そうだな。片岡はテレビや雑誌で見るだけだもんなァ。よし、片岡に会いたいから行くよ」

となった。こうして私はクラスメイトの店にクラスメイトと行くことで、気の張る食事会が実に楽しいものになったのである。

サクマの通夜には、たくさんのクラスメイトが集まった。みんなで彼の思い出を語り、彼のエピソードに笑ったりしながら、ビールを飲んだ。誰もが相応に年齢を重ねていたが、それでもやはり、私はみんなに「真夏の校庭」を見ていた。この人たちは死なないと、わけもなく思っていた。

そういえば、「アルポルト」でのサクマの話題の豊かさやジェントルマンぶり、そして片岡君のみごとな料理と接客ぶりを見て、「真夏の校庭」から長い時間が過ぎ、社会で鍛えられたのだと実感したのは、あの時だけだった。

三角の目

先日、ＮＨＫの「みんなでニホンＧＯ！」というテレビ番組に出たのだが、その時のテーマが「様という言葉を多用する問題」だった。つまり、「患者様」とか「お名前様」とか、昔はつけなかった名詞にまで最近は「様」をつける。

私はこの現状を、「様の多用」どころか「様の乱用」だと思っており、以前から非常にムカついていた。そしてかなり前に、この誌面に「様の乱用はいい加減にせよ」と書いたことがある。ＮＨＫのディレクターがそれを覚えていらして、番組出演を依頼された。

私は出演をすぐにお受けした。多くの人に伝えたいエピソードがあったからだ。

それは老舗の某デパートで、知人への贈り物を買った時のことである。私はそれをご自宅に送ってほしいと、係員に言った。すると二十代らしき女性係員は配達票を出し、にこやかに指で示した。

「では、こちらの欄にお相手様のお名前様とご住所様をお書き下さい。ここにはお送り主様のご住所様とお名前様をお願い致します。お電話様はケータイ様でも結構でございます」

さらに別の店でのこと。私は二十代前半の女の子に品物を贈りたくて、選んでいた。同年代の女性係員に、

「二十代なら、これなんかいいでしょうか」

と品物を示した。するとその女性係員、言った。

「そうですねえ。二十代様でしたら、こちらの方が」

今や「患者様」は当たり前だし、文句をつけてくる人を「クレーマー様」と言った社員も知っている。また、つい先日は、テレビでビジネスマンが「同業各社様」と言っていたし、教師が自分の受け持ちの児童を「クラスのお子様」と言った現場に居合わせたこともある。この分では、もうすぐに「犯人様の凶器様」と言う日が来るだろう。

私は穏やかに話すつもりで番組出演したというのに、顔も口調も恐いの何の。私自身、画面を見ながら「人は怒ると、本当に目が三角になるんだな」とわかり、あまりの恐い顔に、「この番組、見て欲しくないなァ」と思ったほどだ。ところが、放送後、色んな人から声をかけられたり、手紙やメールが届いたりする。そのほぼすべてが、

「内館さん、ものすごい怒りでしたねえ」

である。誰もが三角眼《まなこ》の迫力に驚いたようだ。

すると後日、女友達三人が集まった時、A子が、

「様、様の乱用よりもゾッとするのは、語尾上げと『かな』の乱用だわ」

とピシャリと言った。私はすぐに同調し、

「私も大っ嫌い。この間テレビで外国人留学生が、『うちら、国のお金？　で来日してるから、勉強しないといけない？　かなみたいな』って言ったのよ。それこそが生きてる日本語だと言う人もいそうだけど、日本語を知らなかった外国人が、こんな日本語を覚えちゃったってことは、いかに周りがこんな日本語を遣ってるかってことよ」

と言うと、B子が笑った。

「今に留学生は『うちらが勉強？　して、地球に優しい国？　を造りたいかなみたいな』って言い出すわ。私、『××に優しい』って言葉、大っ嫌い。自然に優しい、体に優しい、胃に優しい」

「患者様に優しい、ご住所様に優しい、犯人様に優しい、凶器様に優しい。言いかねないな」

「そういう言葉遣い、私はあなたたちほどムカつかないな。私がムカつくのは帽子よ、帽子」

「帽子？　何それ」

「男は本来、室内では帽子をかぶらないのがマナーでしょ。でも、テレビでも雑誌でも帽子かぶって出てる男たち、いるじゃない」

「言葉の話から突然、帽子に行きますか」

「だってムカつくって意味では同じよ。メディアに出る人が平気でやるから、一般人もやるの」

「私もこの間、かなり高級なレストランで、毛糸の正《しょう》ちゃん帽かぶって食事してる男を見たわ」

「正ちゃん帽!!　そんな言葉、今時誰も知らないわよ。キャップって言うの」

「病気でかぶってる人は別よ。でも、元気一杯にメディアに出たり、レストランでガシガシとごはん食べてる男が、室内で帽子ってヘンよ。それも毛糸よ。マナー違反。女性の帽子は服飾の一部として、脱ぐ必要ないんだけど」

「男女同権、男女共同参画の現代、男の帽子もそうなったのよ、たぶん」

「私、海外で生活してたけど、室内で帽子脱がない男性って見たことない」

「私も仕事でアメリカやヨーロッパによく行くけど、見たことないな」

「テレビで見てると、彼らは明らかにファッションとして取り入れてるのよ。ジャケットやシャツなんかとコーディネートしてるのがわかるもの。だから脱いじゃうと計算が崩れるのよ」

「わかるけど、マナー違反なんだと理解していれば、最初から帽子ナシのコーディネートをするでしょう」

「おそらく、彼らは帽子を時計やメガネと同じ服飾品としてとらえてるよ。それに、テレビに出ている人や芸能人にとっては、トレードマークの小道具っていう感覚もあると思う」

「何よ、『男に優しい』のね。朝青龍に言うくらいビシバシ言いなさいよ」

するとC子がのどかに言った。

「もう、帽子くらいでどうでもいいじゃない」

「あなたねえ、そうやって何でも『どうでもいい』ですましてきたから、この国はみっともない五流国になり下がったのよッ」

彼女を見ながら、私は「本気で怒ると誰でも目が三角になるんだ」と思っていた。

エビちゃんはレズ？

朝早く、女友達が電話をかけてきて、叫んだ。

「知ってた？　エビちゃんってレズだったって」

エビちゃんとは、人気モデルの蛯原《えびはら》友里さんのことである。私が、

「レズじゃないわよ。最近結婚したじゃないの」

と答えると、女友達は勝ち誇って言った。

「結婚相手、誰だか知ってる？　女よ。エビちゃんは女と結婚したのよ」

「えーッ!?　夫のＩＬＭＡＲＩって女なの？」

「そうよ。明石家さんまの娘よ！」

私は笑い転げて、息もできなかった。さんまさんのお嬢さんの名前は、

「ＩＭＡＬＵ」

エビちゃんのご主人は、

「ＩＬＭＡＲＩ」

である。すると彼女、

「あら、似た字だから同一人物だと思い込んでたわ」

とケロッと言い放った。

が、他人を笑えない。私も間違えて思い込んでいた言葉がある。焼物の「常滑焼《トコナメ》」を、「滑常焼《ナメトコ》」と覚えていた。あろうことか、常滑焼の窯元に取材に行き、陶芸家を前に、

「ナメトコ焼はいいですね。ナメトコ焼の急須でいれたお茶は味が違います。私は昔からナメトコ焼を愛用しているんですよ」

と、ナメトコを連呼。私は本当に、昔からトコナメを愛用しているのだが、陶芸家は絶対に心の中で、「この女、信用ならないなァ。ホントに昔から愛用してるんなら、ちゃんと名前言えるだろうよ」と思っていたはずだ。

我が身の恥をもうひとつさらすと、ネットで本が買える「アマゾン」を、ずっと「アラスカ」と言っていた。編集者に、

「かなり気候が違います」

と洒落た注意を受け、初めて気づいた。

こういう「思い込み言葉」を連呼している人は幾らでもいる。間違っているとは夢にも思

っていないのだから、当たり前に口にする。周囲はその間違いに気づいても、その場で注意する人は、ほとんどいない。相手があまりにも堂々と口にするので、注意すると恥をかかせる気がするのだろう。

私の女友達は絵に描いたようなエリートキャリアウーマンなのだが、彼女はいつも言うのだ。

「目には青葉　山ほととぎす　花がつお」

花がつおは削り節だ。だが、キャリアのエリートに向かい「初がつお」だとは誰も訂正できずにいる。

また、男友達は「妻をめとらば才たけて」という歌詞を、ずっと「妻を寝盗らば才たけて」と歌っており、これはずっと後になって自分で気づいたという。才たけた人妻を寝盗る方がずっと刺激的だが、きっと彼が「妻をォ寝盗らば」と咆哮《ほうこう》するたびに、周囲は笑いをこらえたに違いない。

そして、うちの親戚の者は、ある日、私に言った。

「ごはん食べて行って。おいしいマントン焼くから」

「マント」って、絶対マントヒヒだ。あるいは動物の毛皮を焼くのか。ブルっていると、出て来たのは「マトン」だった。

また、これも親戚の者だが、アルマーニの洋服が好きで、よく買う。が、必ず「アニマール」と言う。私がやんわり訂正すると、

「え、そうなんだ。アニマールね、わかった。アニマール、アニマール」

と繰り返し練習していた。

そして、私が高校生の頃にさかのぼる。ご近所のおばさんは、「ボイコット」をいつも「ボッコイト」と言っていた。彼女は「町内の首領《ドン》」であり、みんなを前にキリッと叫ぶのだ。

「あんな人、ボッコイトよッ。ボッコイトッ!!」

私の周囲だけでも、「思い込み言葉」はまだまだあるのだから、面白いので友人や仕事仲間に聞いてみた。すると、出るわ出るわ。

某テレビマンは、今でもチョイ不良《ワル》オヤジの「ジローラモ」を「ジラローモ」と言う。本人は、

「テレビ界の人間としては、これは間違っちゃまずいよと注意されたんだけど、つい出ちゃう」

と嘆いていた。

某編集者の同僚は、「リハビリ」を「リハリビ」と言い続けているそう。暗い顔をして、

「リハリビが大変で……」

とうつむかれ、笑いもできず困ったそうな。

さらに別の編集者。彼の友人は、「掃きだめに鶴」を「肥えだめに鶴」と言うそうで、編集者は「ま、掃きだめも肥えだめも近いからいっか」と言っていた。

女友達は、水木しげるさんの『ゲゲゲの鬼太郎』に出てくる「一反木綿《いったん》」という妖怪を、ずっと「板木綿」と言っていたそうだ。

「きっと板のように固い木綿なんだと思ってたの」

さらに女友達の一人は、

「ずっと住友三井銀行と言ってたら、三井住友銀行なんだってね。だったら何で『SMBC』って表記するのよ。SMなら住友三井でしょうよ」

ごもっとも。

こうして友人たちとしゃべっていて気づいた。次の四つはどちらが正しいのかトッチラカリのベスト4だ。

「コミュニケーション」を「コミニュケーション」と言う。「シミュレーション」を「シュミレーション」と言う。音楽グループの「レミオロメン」を「レミオメロン」と言う。そして、断然トップは「アガリクス」を「アガリスク」と言う。これは圧倒的多数。

だが、私が過去に一番困ったのは、『義務と演技』(幻冬舎)という小説を出した時だ。某企業のトップに言われた。

「面白かったよ。あなたの小説『義理と人情』は」

とても訂正できず、私も、

「『義理と人情』は今度、映画にもなります」

と答えていた。

日伊共通のオヤジ感覚

イタリアのベルルスコーニ首相が、元女優のベロニカ夫人にとうとう三下り半をつきつけられた。日本円にして毎月約三千五百万円の生活費の支払いと、大邸宅の使用権譲渡を条件として離婚が成立したと報じられている。

ベルルスコーニはどう見ても知的ではないし、ダンディでもないし、品もない。何と言うか、漬物石がイタリアンスーツを着ているようで、国際会議などで各国首脳と並ぶと、ひどく場違いに浮いて見える。

彼は以前から節操のない女性関係で、日本のメディアまでを賑わしていたが、私はそれには別に関心がなかった。こんなタイプの男が権力を持てば、女しかないだろうと予測がつく。

関心を持ったのは、彼のあまりにも劣悪なユーモアセンスである。私はヨーロッパ男性は、ユーモアにたけていると勝手に思い込んでいた。たとえ、漬物石であってもだ。歴史と文化の大国イタリアのトップに立つ人である以上、そこらの漬物石とは違うと思っていたのだ。

ところが、彼のユーモアセンスはゼロ以下。私は初めてベルルスコーニに関心を持った。まず仰天したのが、アメリカ初の黒人大統領オバマに対する言葉だ。

「若くてハンサムだし、よく日焼けしている」

そう言った時の誇らしげな表情を見ると、洒落たブラックユーモアのつもりらしい。

また、自国の三十一歳の女性国会議員に向かい、

「君となら無人島へだって行く。僕が結婚していなかったら、君とすぐにでも一緒になれるのに」

と来た。

読者の中には、「これはジョークだし、この程度は誰でも言うよ。こんな言葉に怒る方がおかしい」と言う人たちもあろう。

それこそが、まさに「ニッポンのオヤジ」の感覚だ。ニッポンのオヤジの中には、これをジョークやユーモアだとカン違いする人たちがいる。同じように、ベルルスコーニも「私の口が軽はずみなジョークをまくしたてる」と言っている。

しかし、ベロニカ夫人は、

「私の尊厳を傷つける発言です。彼の年齢、家族、政治的・社会的役割などを考えると、冗談だったと笑って済ませられる問題ではありません」

と返したという。漬物石は頭も言葉もあまりに軽い。

そして、この感覚は、一部の「ニッポンのオヤジ」と重なる。

数年前、私は立派な地位にある中高年の男女十数人と一緒になった。すると、一人の男性社長が、女性メンバーに言った。

「昨日、××さんと会ってね。あなたの仕事ぶりに感心して、いったいどんな人なのかって聞くんだよ」

そして、彼は言った。

「だから僕、『美人じゃないけど、いい人よ』ってほめておいたからね」

これを二度も繰り返したのだから、本人は洒脱なユーモアとして自信満々だったのだろう。近くにいて耳にした私と幾人かの女性メンバーは、咄嗟に為《な》す術《すべ》もなく、さり気なくその場を離れてしまった。

また、先日は共同通信の総務局長が、新人研修で「女性記者は、女性を売りものにするな」と戒めた。そして、つけ加えた。

「まあ、ここには美人はいないようですから、僕は安心しています。心配なんかしていません」

まず間違いなく、この局長はこれをユーモアやジョークと考えていた。それはまた間違いなく、この局長が過去に女にもてなかったことを示す。もてれば、もっと女性心理にたけ、鍛えられていたはずだ。

私はこれとまったく同じケースを知っている。

二十年以上昔だが、某一流企業の女子社員数人と私と、広告代理店の男子社員が一緒に仕事をすることになった。顔合わせの日、所轄の部長が挨拶した。

「女子社員を集めておきましたが、若くて美人は箱に入れてしまっておくもので、ここにはいません」

そして、アハハと一人で笑った。ユーモアのつもりだったのだ。当時は「セクハラ」という言葉もなく、集められた女子社員は誰もが無言であった。

この手のことが何度か続いた。部外者の私には何も言わなかったが、聞くに堪えず、とうとう言った。

「部長が今までどれほど女にもてなかったか、女子社員はみんなわかりましたよ。そういう発言をすると、全部バレますもの」

すると女子社員たちがそろってやって来て、言ったのだ。

「私たち、この仕事降ります。箱にしまってある若くて美人とやって下さい」

部長はなぜ彼女らが怒っているのかわからなかったのだろう。彼はへこみ、現場には来なくなってしまった。

　ベルルスコーニは、

「イタリアには美人が多く、兵士を増やしてもレイプは減らない」

　と言い、日本の政治家は、

「レイプをするのは元気があっていい」

　と言った。一国のリーダーがこのレベル。共通のオヤジ感覚。

『毎日新聞』の五月十七日付によると、イタリアのジャーナリストのG・バレンティーニは、近著で、

「首相が国民にモラルの低下や下品さ、自堕落、自己本位を共有させた。国民は共犯者の心理で首相を非難できなくなっている」

　と書いているそうだ。そして同紙では、舞台女優の言葉も載せている。

「確かにベルルスコーニはイタリア社会の映し鏡だと思う。何もかも混乱して、誰も自分の仕事をせず、目立つことだけを考えている」

　日本と重なってならぬ。

藤と松

秋田に向かう新幹線「こまち」は、大曲駅を出ると山の中を走る。深い森はヒノキだろうか、ヒバだろうか。マツもあった。こんな針葉樹の森と谷が続く。深い緑を窓から眺めていた私は、やがて目を疑った。

針葉樹が薄紫色の花を満開にしているではないか。ヒノキにせよ、ヒバやマツにせよ、こんなに華やいだ花をつけるなんて聞いたことがない。

目をこらして、わかった。藤の花が、針葉樹にからみつき、天高く薄紫色の花を咲かせているのだ。

おそらく、野生の藤だろう。森をなす針葉樹に、遠慮することなく自在にからみつき、花を満開にさせている。それはクリスマスツリーの飾りのように、花房を吊り下げているものもある。針葉樹に薄紫のマフラーを巻きつけるように、らせん状に花を咲かせたり、木から木へと薄紫のハシゴをかけているものもある。

こういう藤と針葉樹の光景は、列車が町なかに入るまでの間、かなり長く見られる。

今迄、「こまち」には何十回となく乗ったが、この光景は初めて見た。藤が満開の時期に乗ったことがないのかもしれない。藤は何かのはずみで種が落ちて育ったものであろうが、からみつかれた針葉樹の方があきらめているような、それほどまでの勢いである。本当にびっくりした。

というのも、小野小町の和歌に、この状況を歌ったような一首があるのだ。

「ものをこそ岩根の松も思ふらめ　千代経る末も傾きにけり」

西暦八〇〇年代前半の歌であろうか。当時の朝廷は藤原良房を要に、藤原一族が大変な権力を握っており、実際には帝よりも上に立っていた状態だったという。小町のこの歌は、

「誰も口に出しては言わないが、藤は千年もの樹齢の松にからみ、松そのものの力を奪っている」

との意味で、「岩根」を「言わない」にかけている。そして、からまる藤は藤原、松は朝廷を示しているとされる。

私は「こまち」の窓からノー天気なほど血気盛んな藤と、されるがままの針葉樹を見た時、この歌を思い出したのである。

その夜、秋田のホテルで見たニュースが印象的だった。

それは厚生労働省の国立社会保障・人口問題研究所が二〇〇八年に実施した「第四回全国家庭動向調査」の結果である。「夫は外で働き、妻は主婦業に専念」「子どもが3歳くらいまでは、母親は育児に専念」といった「伝統的価値観」に賛成する既婚女性がふえているという。

特に二十九歳以下は、五年前の調査より一二・二ポイント高い四七・九パーセントが、専業主婦志向。

さらに、もうひとつ興味深い結果があった。フルタイムで働く妻を持つ夫の六人に一人が、家事や育児をすべて妻任せだという。同研究所では「家事や育児の分業はまだ進んでおらず、妻の負担感は大きい」とみている。

既婚女性は実体験から、これほどの負担を抱えるなら、いっそ専業主婦の方がいいと考えたのではないか。

その気持ちは当然だろう。母親がいつも家にいる方が、子供にとってもいいと考えもするだろう。フルタイムで仕事をしながら、夕刻になると保育園にあずけている子供のお迎えを気にし、夕食の買い物を気にし、終業のチャイムと共に飛び出すのはどれほど負担か。帰れば食事を作り、後片づけをし、子供を風呂に入れ、寝かせる。朝は食事を作り、片づけ、子供を保育園に送り、そしてフルタイムの仕事。

もしもこの間、夫が何ひとつ手伝わないなら、夫は藤の花である。妻という松にからみついて、松の力を奪って、傾かせる。藤の花は、松が病気をするか死ぬまで、傾いていることに気づかないのだ。まさにノー天気。その上、もしも子供が二人以上いたり、看護や介護までも松だけが背負ったりしたなら、これはもう「負担」の域を超えている。あげく、藤の花は、毎晩遅くに帰って来て、

「メシ。フロ。ネル」

では、松が倒れるのは必至である。こうなるくらいなら、「男は外、女は内」という「伝統的価値観」に従う方がいいとなるのも必至。それを「後ろ向きの逆行」と叱ることはできない。

ただ、同調査では、第一子出産と共に仕事をやめる妻が七割にのぼるとしており、夫が育児に関わる割合が高いほど、仕事を継続する割合が高いという。

この数字からは、本当は女たちも専業主婦ではなく、仕事をしたいという本音が見えるような気がした。

妻たちはいずれ子供が成人することも、夫が定年退職することも、自分に自由な時間ができることもわかっている。その時に、何の仕事もキャリアもないのは、あまりにも淋しいと予測もしている。その淋しさは、趣味やボランティア活動で満たされるものとは少し違うと

いうことも、漠然と気づいている。家事や育児や介護を分担してもらい、仕事を続けたいというのも当然の思いだろう。

一方、男性サイドに立って考えれば、「専業主婦はいいけど、妻子が俺一人にしがみついて、あげく専業主婦の家事も分担しろなんて迫られちゃ、女房が藤の花だよ。俺は松で傾くよ」と言うだろう。

松と藤、両方が元気に生きる方法は、私には見当もつかない。ただ、片方の犠牲の上に、片方が元気なのは必ず破綻する。

それにしても、「こまち」から見た藤は、本当にあっけらかんと活力気力にあふれていて、針葉樹は耐えているように見えた。

名古屋場所は開催すべき

野球賭博問題で、相撲界は名古屋場所を取りやめるかというところまで、大変なことになっている。開催するか否かは、七月四日に決定するという。

今回、反社会的勢力、いわゆる暴力団を胴元とする野球賭博に関与したのは、そうそうたるスター力士たちである。大関琴光喜を筆頭に雅山、豊ノ島、豪栄道、琴奨菊、普天王、豊響、清瀬海、千代白鵬、嘉風、垣添、隠岐の海、春日錦という関取衆。さらには時津風親方、大嶽親方と、名門部屋の師匠名が公にされている（六月二十三日現在で十五人）。

今回の野球賭博問題は、

①　賭博は犯罪である。

②　①の犯罪を反社会的勢力とやった。

③　国を挙げて反社会的勢力を根絶させようと取り組んでいる中、公益法人と反社会的勢力の交際が露呈。

という事実の他に、

④ 組織性、常習性疑惑。

がある。もしも④も事実なら、そして立件されたなら、親方と力士の除名処分もありうるかもしれない。

当初、協会は「関与を自己申告すれば、処罰は厳重注意にとどめる」として、調査を実施した。協会は本当にそのつもりだったと思う。結果、二十九人の親方や力士が、野球賭博関与を名乗り出た。そして、三十六人が何らかの賭けごとをしたことがあると申告。

ところが、協会の当初の思いとは裏腹に、この合計六十五人の名を、警察に報告せざるを得なくなった。特に二十九人は直ちに聴取を受けたのである。

「厳重注意にとどめる」とされたから、正直に自己申告した力士や親方にしてみれば、ありえない裏切りだろう。しかし、そんなことより、双方ともあまりに「軽やか」なことこそ角界の意識を物語る。

協会が「厳重注意」ですまそうとしたことも、野球賭博関与の二十九人を含む六十五人が、「それなら早く言っておこう」と自己申告したことも、実に軽やか。この軽やかさは、協会も力士も親方も、暴力団と賭博をすることが、それほど重大な犯罪とは考えていなかった証のように思う。ことの重大さがわかっていれば、協会も力士たちもこうはできなかっただろう。

もっとも、六月二十一日の会見では、特別調査委員会の村上泰弁護士が、

「千円単位のカネを仲間うちで賭けるのは、陸奥親方もやっていると上申書が出ている」

という内容をしゃべっていたが、この口の軽さにもあきれた。すべてをオープンにするのは当然だが、しゃべるべき時期がある。テレビでもリポーターが「脇の甘い弁護士だなァ」とあきれていた。

ともかく、現時点では「反社会的勢力と野球賭博」をした二十九人を中心に、取り調べや解明が進められているようである。各処罰や個々の対処は、その後のことになろうが、まずは目前の名古屋場所の開催をどうするかという問題がある。

テレビにおける街の人々の声は、「開催すべき」と「中止すべき」が半々のように感じる。また、ニュースキャスターの一人は、

「開催すべきでない。今まで甘えてきた角界にはショック療法が必要。中止すれば、ことの重大さに気づく」

という内容を語っていた。

確かに「軽やか」であった人たちに気づかせる方法のひとつではある。加えて今、世間の怒りが激しい。日頃は相撲と柔道の区別もつかないような人たちまでが、不祥事続きの国技

に怒髪天を衝いている。むろん、悪いのは角界であり、世間を納得させる必要がある。公益法人として当然のことだ。その意味では、名古屋場所中止という禊《みそぎ》はわかりやすい。が、私は開催すべきと考えている。中止すれば、賭博とは無関係の圧倒的多数の力士から出世の場を奪い、地方のファンから楽しみの場を奪う。加えて、文科省まで巻きこんでの大騒動である。それで中止しては、反社会的勢力の勝利に等しい。「チョロいもんだな」と、国技を屈服させた高揚感は、彼らの力になるだろう。

とりわけ、真剣に考えなければならないのは、国民が大相撲という伝統文化を大切に思い、後世に伝える気があるか否かだ。

本場所の中止は、実は「ショック療法」という軽いものではない。それは一三〇〇年の歴史ともいわれる伝統文化の存続に関わる。

中止になれば、当然ながらＮＨＫの中継はない。それだけで、国民の相撲離れは一気に進むだろう。

奈良、平安時代に礎を築き、明治の断髪令さえ見逃してもらった大相撲は、つぶすにはあまりに惜しい文化遺産である。

私は国民が「軽やか」に名古屋場所中止を唱えることに危惧を抱いている。協会と力士は本気で再起に努め、国民は本気で「この文化遺産をつぶしてもいいのか」を考える必要がある。

私は二十九人の名前を公表し、琴光喜同様に全員を出場停止とし、残留力士で仮番付を作ればいいと考える。本来ならば、七月四日まで開催の有無を先送りするのではなく、速やかに名前公表と開催を決め、六月二十八日の番付発表では、仮番付を発表すべきだった。

昭和七年の春場所前に、「春秋園事件」という紛争が起き、三十二人の力士が協会を脱退した。協会は十両力士を幕内に上げ、残留力士だけで新番付を作り、春場所を決行した。

今回も「春秋園事件」型で番付を作り直し、本場所を開催すべきである。

世間はすぐ忘れる

『週刊現代』に、高橋春男さんの「ボクの細道」という連載がある。芭蕉の「奥の細道」をもじり、高橋さんが一句詠み、短いコメントをつけている。毎回、世相を鋭く斬っていて、私自身のことが詠まれていない場合は、もう痛快なことこの上ない。

その六月十二日号に、次の一句とコメントがあった。

「朝青龍庭師になるの巻昼寝覚」　朝青龍ってだれだっけ。

朝青龍が引退を余儀なくされた際、「淋しい」「淋しい」と連呼する世間に対し、私は『「横審の魔女」と呼ばれて』（朝日新聞出版）の中に書いた。

「淋しいと言う人も多いが、代わりは必ず出てくる。そして世間はすぐに、消えた人を忘れる。そういうものだ。朝青龍本人にしても、角界でのことなどすぐに忘れ、新しいステージで龍になり、天を衝くだろう。

代わりが出ることは社会に備わった力であり、すぐに忘れることは人間に備わった力である」

人間というもの、世間というもの、本当に忘れるのが速い。朝青龍に関しても引退直後こそワイドショーが追ったりしていたが、今では高橋さんのコメントの通り「だれだっけ」だろう。というのも、私の周囲の誰に聞いても、この句の意味がわからないのである。実は私もわからない。友人の一人は大の朝青龍ファンだったが、

「庭師のビジネスを始めるんじゃないの、きっと」

と言い、もう一人は、

「雑誌のコスプレ特集で庭師に扮したとか？」

と言った。彼女も朝青龍の熱烈ファンだった。ファンであっても、今やこのレベル。忘却の彼方である。

これは一世を風靡した人間にとっては、相当つらくこたえることではないか。

よく「あの人は今」という企画があり、かつての有名人たちが登場したりする。現在も輝く場所を持っている人はともかく、時には決していい状態にはない人たちも出てくる。そんな状態でなぜ出てくるのか、なぜ取材を受けるのか。私は理解できなかった。

だが、たとえ「あの人は今」なる企画であっても、声がかかるなら何にだって出よう、忘れられたくない、メディアに出たい。そんな悲痛な思いを、私は最近、やっと理解できるようになった。それは、自民党と公明党の、前与党の国会議員によって気づかされた。

彼らが野に下るや、世間は恐ろしいまでの速さで、彼らを忘れた。与党時代には、人気取りのパフォーマンスに過ぎないような行動までが新聞や雑誌で取りあげられたというのに、今、自公の国会議員の名や行動が、口の端にのぼることは皆無に近い。少なくとも私の知る限りにおいては、自民党の谷垣禎一総裁と、公明党の山口那津男代表の名さえほとんど出ない。女性総理候補と噂された複数の女性議員たちも、

「彼女、落ちたでしょ？」

「比例復活した気がする」

「議員やめたはずよ」

と、私も同様にこのレベルである。

そんな中で、前与党の議員が、テレビ番組に出ているのを見た。ニュースや討論だのではなく、以前ならまず出ないであろうジャンルの番組だ。

達者な出演者たちにいじられながらも、懸命に応じている姿は、何だか哀れだった。忘れられないために、声がかかればどんなところにも出るように思えた。

そして、週刊誌などは「前与党の議員たちはテレビ中継のある日時に国会質問に立ちたがる」と書き始めた。この話は幾度となく伝えられており、これが本当のことなら、場違いなテレビ番組に出演する議員ともども、「とにかく忘れられたくない」の一心なのだと思う。それは次の選挙のためでもあろう。忘れられては、選挙で勝てない。

かつて、某国会議員が、

「私はテレビのお呼びがかかりませんので、忘れられてしまうんです」

と、かなり焦りの色をにじませてつぶやいたのを、私は実際に耳にしている。政治家にとって、テレビに出るということはこうも大きい問題なのかと、情けない気持ちになったことを思い出す。

ただ、政治家たちのそんな言動によって、私はやっと気づかされたのだ。芸能人でもスポーツ選手でも経営者でも、華々しい過去を持つ人ほど、「忘れないでくれ。俺はまだやってるよ」と必死になるのは自然な感情なのだと。「あの人は今」に出ることさえいとわず、存在をアピールする感情はわかるが、現実問題として、再び元の地位への復活は、至難であろう。

相撲界には「力士はその番付の相撲しか取れない」という名言がある。たとえば元大関が前頭まで落ちたなら、もう前頭の相撲しか取れなくなっているということだ。十両が幕下に落ちたなら、もう十両の力は出ない。その番付レベルの相撲しか取れなくなる。

同様に、どの世界でも一度忘れられた人が、かつての華やぎやオーラや力を持続し、返り咲くには大変な力と運がいるだろう。

そう考えた時、私は引退した朝青龍に、元横綱タレントとしてテレビ番組に出ていじられることと、テレビに売り込むことだけはやって欲しくない。それをやっては足元を見られ、バカにされる。一度や二度は珍しがられるにせよ、すぐにスタッフも共演者も陰でせせら笑う。そうやって過去の名声を汚している有名人は、決して少なくはない。

そうなるくらいなら、新天地を切り拓き、過去の自分は積極的に忘れられる方がいい。

「天敵」の私が、心からの愛情をこめて言っている。

角界に問われるもの

角界の野球賭博問題で、多数の有識者が所感を述べていたが、私はとても興味深い文章に出会った。それは大相撲についてではなく、参議院選挙について書かれたものだ。

元東大総長で、現在は学習院大学教授の佐々木毅さんが「参院選で問われるもの」という題で『秋田魁新報』（六月二十八日付）に寄せた文である。一部を抜粋する。

今回の参院選が「政治とカネ」をめぐる選挙にならなかったことはよかったと思う。これは「政治とカネ」が重要でないということではなく、まともにこの問題に取り組もうとしない人々が徒《いたずら》にこの問題を題材にして選挙を繰り返すことが無駄であるからである。「政治とカネ」をテーマにしている政党もあるようであるが、その提案には説得的で意味のあるものがあまり見当たらない。この程度の提案で「政治とカネ」がテーマだなどと言われては困る。この問題は有権者の問題ではなく、政党や政治家たちの無能力とやる気のなさに起因する問題であり、本来麗々しく選挙のテーマなどと自ら口にすべきものではない。(中略)参院選で問われているのは、社会保障制度と財政の将来についての抜本的な見直しを今始めるべきか否かという点にある。

この文章は、角界にそっくり当てはまる。

私は今回の野球賭博問題が、角界の「抜本的改革」をめぐる展開にならなくてよかったと思う。これは角界の「抜本的改革」が重要でないということではなく、まともにこの問題に取り組もうとしない人々が徒にこの問題を題材にして、謝罪を繰り返すことが無駄だからである。

この改革には時間がいる。外部と内部の委員で組織を作り、じっくりと勉強し、議論する必要がある。内部からは、まともに取り組む決意のある人を選ぶことだ。外部からは、大衆に媚《こ》びるような「正義感」とポピュリズムに流されぬ人がいい。有識者の所感を聞くと、それを非常に感じる場合があり、不快だ。

「抜本的改革」をテーマにしている角界でもあるようだが、「膿《うみ》を出しきる」とか「二度とないように」とか、その提案には説得力と意味を示すものがあまり見当たらない。この程度の提案で「抜本的改革」がテーマだなどと言われては困る。この問題はファンの問題ではなく、角界や協会員たちの無能力とやる気のなさに起因する問題であり、本来麗々しく「今後の角界のあり方」として自ら口にすべきものではない。

佐々木教授が参院選について書かれているのと同じく、私は、「角界に問われているのは、伝統の保守と変革についての抜本的な見直しを今始めるべきか否かという点にある」と考えている。私は今始めるべきと思う。

その際、最初に議論しなければならないのは、「大相撲を遺《のこ》すかつぶすか」ということだろう。

たび重なる不祥事に、「もう大相撲はいらない」という声もあるはずだ。『朝日新聞』（7月7日付）によると、NHKに寄せられた声の66パーセントが「相撲中継をやめよ」というものだった。が、現実に中止が決まると、「中継せよ」が42パーセントにのぼり、「中継をやめよ」は17パーセントと逆転。世論というものはこうも無責任な、その場の感情なのだ。

普段は育てる努力もせず関心もない人々が、不祥事の時だけヒステリックになるような、そういう未熟な世論に与《くみ》する必要はない。ただ、それでも遺すか否か、そこから始める時代に来ている。国民の関心のないものは育たないし、遺らない。

議論の結果、やはり遺そうとなった場合、最重要なことは「大相撲の何を保守し、何を変革するか」という見極めである。ここを間違うと、そしてここに一般受けを狙った「正義」

が入ると、伝統は絶たれる。

相撲に関心のなさそうな女性有識者などが、

「力士は狭い社会で育ち、外を知らない。ここを改革すべきだ」

と言ったりするが、狭い社会を改革するには、部屋制度、師弟制度から対戦の組み方まで大きく変えることになる。それは大相撲というスポーツが、まったく別物になることでもある。

そうやって遺すというなら、それもあろう。だが、古い時代から生きてきた伝統文化は、複雑にからみあっており、「狭い社会」という負の要素を、そこだけポコッと取り外して捨てられるようなものではない。

そういう中で、角界をどう立て直し、どう香りを残し、どう時代に合わせるか。それは本腰を入れて、じっくりとやるべきものである。野球賭博にからめて性急なテーマにならず、本当によかったと思う。

今回、理事長代行が外部から出たことを、私は評価している。「土俵にあがったことのない理事長なんか」という声が内部からあるそうだが、一九二五（大正十四）年に設立された（財）大日本相撲協会の初代理事長は陸軍主計中将広瀬正徳である。角界は常に時代と状況を鑑み、生き残る術にのってきたのである。内部の人間は勉強不足を自覚する必要がある。

一方、仲間うちで花札をやった白鵬らに謝罪させた特別調査委員会もおかしい。情報番組「ミヤネ屋」では「賭博汚染は横綱にまで」というタイトルをデカデカと流した。今回問われているものは「暴力団との賭博」だろう。私はこれまで、同委員会には、はしゃぎ過ぎの雰囲気も感じていたが、何が問われているのか、認識不足を自覚する必要がある。

サッカー珍問答

今回、私はサッカーワールドカップの日本戦のテレビ中継をすべて見た。カメルーン戦も見たし、オランダ戦も見た。明け方まで起きていてデンマーク戦も見た。しつこいようだが、ベスト8をかけたパラグアイ戦も見た。

つい威張りたくなるほど、これは私にとって画期的なことなのだ。何しろ、サッカーなんて見方もわからなければ、選手名も知らないし、過去のワールドカップの中継を見たこともない。サッカーの新聞記事も読んだことがなく、ともかくサッカーには全然関心がない。

なのに、今回は睡眠時間を削ってまで見た。世間がこんなに騒ぎ、地球を挙げての熱狂なのだから、サッカーにはそうさせるだけの何かがあるのだ。そう思い、まずは見てみようと考えたわけである。

で、見るには見たが、全然わけがわからない。ファウルとかコーナーキックとかも全然わからないし、選手が時々両手でボールを投げ入れるのも、何なの、あれ。サッカーって手を使っちゃいけないんじゃなかった？

ラグビーは大学時代にマネージャーをやっていたのでわかるため、ラグビーに置きかえて見たりして、ホントに疲れる。

もっと難しいのは、見ているうちに、どっちが日本の籠（ゴールっていうんだってね）なのかわからなくなるのだ。「入った！」と拍手をしたら、日本の籠だったりする。籠の上に両国それぞれの国旗を立ててほしい。途中からキーパーのシャツの色で区別する智恵がついたが、ホントに疲れる。

そして、私は「オウンゴール」というものを知った。自分で自分ちの籠に入れると、相手の点になるんだという。日本は直前の親善試合で、オウンゴールで二点を失ったそうだが、私には不思議でならないことがあった。

そこで、テレビ朝日の会議で川淵三郎さんとお会いしたので、始まる前に質問した。

「ワールドカップに出るような超一流選手でも、オウンゴールをやってしまうものなんですか」

川淵さんはとても丁寧に、

「昔はオウンゴールを『自殺点』と言ったんですよ。一流選手でもやることはあるんです。たとえば今回のワールドカップのボールは、新しいタイプのもので、予測しない方向に飛んだりすることもあって、頭や肩を使った時にオウンゴールになりうるんですよね」

と教えて下さった。が、この答えは私には高度すぎて、つい言ってしまった。

「やっぱり、選手だって走り回ってるうちに、どっちが自分の籠かわからなくなりますよねえ」

川淵さんは私の言ってる意味がわからず、「は？」という表情で茫然。近くにいた漫画家の石坂啓さんが必死に笑いをこらえ、私に小声で囁く。

「籠じゃなくて、ゴール。ゴール」

私は慌てて川淵さんに、

「それです、ゴール」

と訂正した後、すぐにその言葉を忘れ、また言った。

「やっぱり、一流選手でも、自分のネットに蹴飛ばしちゃいますよねえ」

今度は「ネット」だと。

そして、あたかも選手を擁護するかのように言った。

「いくら一流選手でも、一時間半も縦に横に走っていれば、方向オンチになっちゃうんですよね」

ふと見ると、石坂さんはテーブルに突っ伏し、体をふるわせて笑っている。私はなぜ笑っているのか、全然わからない。すると、川淵さんはおっしゃった。

「方向オンチになって、自分のゴールにシュートするとか、そういうことは絶対にありませんよ」

そうか、「蹴飛ばす」ではなく「シュート」っていうのね。

そして、サッカーオンチの私に、ヘディングのこと等を教えて下さった。私は大昔にも、川淵さんの解説つきでサッカーを見ているのに、まったく進歩のないヤツだと思われたに違いない。

それにしても、すんでのところで「籠に国旗を」と名アイデアを言うところだった。

石坂さんは笑い涙を拭きながら、

「今のやりとり、漫画にしたいわ」

と言った。それほど漫画じみたことを、私は言ったようだ。それも川淵さんに！

もっとも、その昔、私は長嶋茂雄監督にも質問したことがある。

「犠牲フライって、三塁打扱いですか？」

長嶋監督は、「は？」という表情で茫然とされ、

「野球はスリーアウトでチェンジです。犠打が三塁打扱いだと、フォーアウトになっちゃいますね」

と答えられた。私は野球もオンチなもので、

「でも、あんなに大きく飛ばして、ホームランすれすれなのに三塁打扱いしないのはヘンですよ」

と力説。それも長嶋監督に！　すると監督は、

「大きく飛ばしたのに一死になるから、犠牲というんですよ」

と丁寧に教えて下さったが、この答えは高度すぎて私には全然わからなかった。

しかし、その後のたゆまぬ学習により、今では野球はちゃんとわかる。サッカーも、次のワールドカップまでには、漫画にネタを提供しないよう学習するつもりである。

ところで、本田圭佑選手とプロレスラーの本田多聞選手は親戚だそうだ。これにはびっくりした。多聞選手はアマレスでならし、オリンピックにも三回出場。プロレスではGHCタッグやアジアタッグ等のベルトを巻いた経験を持つトッププロレスラーだ。

プロレスだとすぐわかるんだけどなァ。

どすこいトランク

親しい編集者たちと、香港・マカオを旅して来た。作家の吉永みち子さんも加わり、総勢十人の酒飲み集団である。

その時、編集者たちが私のトランクを見ては、あきれ、指さしては大笑いするのである。私は真っ赤なトランクを愛用しているのだが、そこに力士の錦絵の絵ハガキを十数枚貼ってある。相撲錦絵師の木下大門さんが刷ったものだ。現役時代の千代の富士、貴乃花、曙をはじめ、栃東や寺尾やスター力士の錦絵ハガキはすごくきれいで、真っ赤なトランクに貼ると、ひときわ目立つ。

力士の乗った飛行機は落ちないと言われているそうで、その意味で、このトランクは守護神なのである。

なのに、編集者たちは笑ったあげくに、

「どすこいトランク」

なんぞと呼び始めた。

だが、私がこの「どすこいトランク」に行きつくまでには、語るも涙の物語が二つあるのだ。

ひとつは三十年も昔、ＯＬだった私は、女友達と格安のヨーロッパツアーに申し込んだ。凍るように寒い年末だった。ところが、フランクフルトの空港に到着したものの、私と女友達のトランクだけが出てこない。航空会社にかけ合うと、

「出てきたら連絡します」

と、日本円にして四千円ほどを渡された。当座のものを買えという一時金らしい。私も女友達も、手荷物には最小限のものしか入れておらず、あげく機内でラクなようにとコートの下はブラウス一枚。凍死必然の薄着である。

とにかくセーターだけでも買おうと、タクシーでフランクフルト市内を走ったものの、クリスマス休暇で店はどこも開いていない。運転手がやっと見つけてくれたのが、いわゆる「何でも屋」。無愛想なお婆さんが仏頂面で店番していた。私が日本語で、

「セーターを下さいッ」

と叫ぶと、お婆さんは面倒臭そうに一枚出してきた。必死になると何語だろうと通じるものだ。

が、お婆さんの出してきたセーターは、すさまじかった。真っ青な地色に赤やピンクや紫で、巨大な蓮の花が編みこんである。極彩色の蓮の花である。こんなもの、こっちが真っ青だ。察したお婆さんは、

「うちにはこれ一枚っきゃねえからよ、イヤならやめな。凍死しな」

と言った。ドイツ語はわからんが、必死になると何語でも通じる。凍死よりはマシだと腹をくくった。

ところが、ホテルで着てみるとタートルネックがきついの何の、息もできない。やっと凍死を免れたのに、今度は縊死《いし》するのね……と思い、蓮の花を胸に抱いているんだから、きっと成仏するわと薄れゆく意識の中で思った時、ハタと気づいた。

「タートルネックを切りゃいいんだわッ」

薄れゆく意識なんぞすぐに戻り、私はホテルでハサミを借りて、タートルネックを切った。が、日ごとに毛糸がほつれ、私は首に青いシラタキを巻いている状態で、ヨーロッパを旅したのである。

むろん、三十年たった今もトランクは出てこない。

帰国後、航空会社から確か四万円の補償金をもらい、おしまいである。あの時、係員は「クラスによって一時金も補償金も違う」と言っていた。エコノミーでは、当時は一時金四

千円、補償金四万円なのだ。どれほどの不便を強いられたかは、エコノミーもファーストも同じだと思うが、別の女友達はもっとさんざんなめにあったのである。

彼女のトランクとそっくりなものを、誰かが間違って持って行ってしまったらしい。そのそっくりのトランクが一個だけ、ずっとターンテーブルを回っていたという。彼女は航空会社を通じ、残されたトランクの名札に電話をしてもらったが、別人の番号だった。航空会社の責任ではないので、当然、一時金も補償金も出ない。

困ったことに、彼女のトランクの中には大切な植物が入っていた。違法なので、衣類にくるみ、隠して持ち込んでいた。大麻……ではない。茗荷だ。

当時、彼女にはアメリカで暮らす日本人の彼がいた。彼女は年に幾度か彼のもとに通う。本人は「愛人」だとして陶酔していたが、私たちは「セックス付きの家政婦」と言い、陰でバカにしていた。

彼は南部の片田舎におり、当時、日本食は何も売っておらず、特に茗荷や青じそを持って行くと、涙をこぼさんばかりだったという。彼女はいつも茗荷やセリや、春菊やミツバなど、彼の喜ぶものを運ぶ。本人は国境を越える恋愛だと酔っていたが、早い話、「都合のいい女」である。

が、その日はトランクが出てこないので、彼女は手ぶらで彼の家に行った。彼は茗荷がないことにあからさまに落胆したという。帰国後、彼女は言った。

「彼は私より、私のカラダより茗荷だったのよね」

今頃気づいたのかと、私たちは吹き出し、一人が笑い涙を拭きながら慰めた。

「いい夢を見られてよかったじゃないの。茗荷が目的の男でも、海外に活路を見いだしたアナタは偉い」

まったく、慰めにも何にもなっていやしない。

ほどなく、彼女は彼と別れた。もう茗荷は食べられないと知り、彼は焦ったらしい。

この二つの事件により、私は「トランクは空港で出てこないもの」、「トランクは間違われるもの」という教訓を得た。

そのため、三十年以上たった今でも、一日分の着がえは手荷物に入れておく。そして、笑われようがあきれられようが、間違い防止のために「どすこいトランク」を愛用している。

意識距離

八月に友人たち十人ほどで、集まろうということになった。一人が海外から夏休みで帰国する日に合わせ、日時はすぐに決まった。

問題は店である。うるさいのだ、みんなの条件が。

「円卓」「個室」「安くておいしい」「喫煙」「海外の酒の持ち込み可」等々まだまだある。だが、メンバーの一人は「歩くミシュラン」と呼ばれ、レストランにめっぽう詳しい。すべての条件をクリアする店を見つけた彼を、私はほめたたえた。

「ホントにありがとう。さすがだわ。幹事をおしつけちゃってごめんね」

他の者どものように条件もつけず、優しく労をねぎらう私はさすがだ。

「で、場所はどこ？」

「うん、A町」

私は一瞬言葉につまった。A町は東京の人気エリアで、二十三区内でも中心部に入る。

「歩くミシュラン」氏は私の変化に気づき、

「え？　イヤ？」

と訊く。今さらつくろえず、私は正直に言った。

「私、A町ってすごく遠い気がして、行くのが億劫《おっくう》なのよねえ……」

「何で？　A町、あなたの家から近いでしょう」

「うん。でもね、B町なんかもっと近いけど、やっぱり遠い気がして、まず行かない。この前、C町でやったクラス会、C町っていうだけで欠席したのよ」

「へえ……。でもA町はタクシーで来れば、あっという間だよ」

「うん。電車だってすぐだし、楽しみにしてるね」

私は嬉しそうにして電話を切ったものの、A町は嬉しくないなァ……。

これはとても不思議な「距離感」だと気づいた。

私がなぜか「遠くて億劫」と思うA町もB町もC町も、距離的にはまったく遠くない。また、時間的にも全然遠くない。つまり「実際距離」も「時間距離」も、私の自宅から至便の位置にある。なのに、遠くて億劫という意識がある。言うなれば「意識距離」だ。

これは決して私のわがままではなく、色んな町に対して、おそらく誰もが持っている意識だと思う。その「意識距離」は人それぞれであり、傍からは理解できないだろう。

これがたとえば、「男と別れたA町はイヤ」とか「自分のつらい時代が甦るからB町はイヤ」とか、そういう感情による距離なら理解できるが、近いのに遠い気がするという、まったく理屈に合わない話なのだから。

実際距離とも時間距離とも無関係の「意識距離」というものを誰もが持っているなァと思ったことは、幾度もある。

たとえば、私は東北大学の相撲部監督として、部員と一緒に東京都内での試合や打ち合わせに出ることも多かった。すると、京都大学の関係者に、

「遠いところ、ご苦労様」

と言われたりする。東北大の部員たちは、

「ありがとうございます」

なんぞと素直に礼を言ったりするものだから、私に叱られる。

「京都と東京は約五一三キロ、新幹線『のぞみ』で二時間二十分もかかるのよ。仙台と東京は約三五二キロ、『はやて』で一時間四十分。実際距離も時間距離も、どっちが遠いかわかるでしょ。次から京大に『遠いとこ、ご苦労さんだっちゃ』ってねぎらいなさいッ」

が、北海道大学には誰も「遠いとこ」と言わない。飛行機でひとっ飛びという意識と、札幌という大都会の意識が刷りこまれているせいか。なのに、九州大学には私でさえ、

「お疲れさま。遠くて疲れたでしょう」

なんて言っている。福岡だってひとっ飛びの、大都会なのにだ。

私の友人は東京郊外のP市と、信越のQ市と、二つの大学で教えているが、「東京郊外の方がずっと遠い感じがして、前の日は早く寝て備える。Q市の前日は飲んでるのにね」

と笑った。私には信越のQ市の方がずっと遠い気がするのだが、こればかりは不思議なものだ。

また先頃、日暮里と成田空港が36分で結ばれた。浜松町と羽田空港は各停だと25分で、両者の差はわずか11分。なのに、テレビのコメンテーターたちは「やっぱり成田は遠い気がする」と口をそろえていた。

また、箱根の山より東や北に由縁の人と、西や南に由縁の人では、意識距離がくっきりと違う。

私は岩手県盛岡市で救急車のお世話になり、同市の岩手医大附属病院に三か月入院した。退院後一年間は、定期検診を受けるために、「はやて」で盛岡に通った。ところが、箱根の山より西や南に由縁のある人は言う。

「岩手かァ。遠いね。どうせなら広島あたりで倒れたらラクだったよね」

が、東や北の人は言う。

「盛岡なんて、駅弁食べて新聞読み切らないうちに着いちゃうし、手頃な日帰り旅行でいいねえ」

実際には、東京と広島は約八九四キロ、「のぞみ」で約四時間。東京と盛岡は約五三五キロ、「はやぶさ」で約二時間二十分。実際距離も時間距離も、広島の方がはるかに遠い。

現実には、東京―盛岡と東京―京都が同じと考えていい。だが、西や南の人でなくとも、日本人の多くの「意識距離」は、京都より盛岡の方がずっと遠いだろう。北が遠いという意識は、今も確かに残っているように思う。博多と八戸では、たぶん多くの東京近郊の人たちが「八戸が遠い」と感じるのではないか。実際には、東京と八戸は約六三二キロ、東京と博多は約一、一七五キロで二倍とも言える差で、八戸が近い。

博多だの八戸だのと考えていると、都内A町なんて裸足でも行ける近さ。でも、私は八戸よりA町の方が億劫だなァ。不思議。

「そこに置いといて」

今もって、友人知人が、

「山田大臣、あそこまで日本の男は礼儀知らずになったかと、あきれたわ」

と口をそろえる。中でもテレビ局員が、

「テレビ局にも無礼なヤツは多いけど、イヤァ、山田大臣ほどのヤツはいません。仕事を降ろされます」

と言ったのには笑った。

「山田大臣」とは、農林水産省の山田正彦大臣のことである。

宮崎県の牛や豚に口蹄疫《こうていえき》が伝染し、対象となったすべてを殺処分にしたことは、連日のニュースで報じられた。だが、その中に一軒だけ種牛の殺処分を拒み続けた畜産農家があった。種牛六頭を飼育している農場主は、宮崎県の畜産が再起するために、この六頭だけは殺せないと言った。幸い六頭には口蹄疫の症状が見られないので、殺処分拒否を続けていた。

一方、国は「六頭の種牛をも殺処分」を強硬に言い張った。これにも理由があり、その時点での日本は、口蹄疫の汚染国と見なされ、肉の輸出はほとんどストップ。再開するには国際獣疫事務局（OIE）に「きれいな国になった」と認定されなければならない。そのためには、一頭残らず殺すしか道はないということなのだ。山田大臣が、国としてこの立場を取るのは道理である。

だが、宮崎県の東国原英夫知事が、再起をも考え、健康な六頭の殺処分を拒否する立場に立ったのも道理だ。つまり双方ともに理があり、判断は難しい。

友人知人が山田大臣にあきれたのは、この後だ。東国原知事は何とか殺処分を回避しようと、山田大臣と話すために上京した。その際、殺処分に反対する県民の署名簿を持参していた。席上、知事が立ち上がり、両手で大臣にそれを差し出し、

「反対県民の署名です」

と言った。すると、大臣は座ったまま、テーブルを目で示し、

「そこに置いといて」

と答えたのだ。これはテレビで全国に流され、「そこに置いといて」という言葉はテロップつきで繰り返し放送された。

山田大臣の態度、これは「世紀の失態」である。私も見てあきれ果てた。むろん、OIE

の認定や、また早々に殺処分をしなかった県への怒り等もあっただろうが、座ったまま目で示し、「そこに置いといて」はない。私は今まで、署名簿をあのように処理した人は見たことがない。どんな状況であれ、誰もが立ち上がって両手で受け取っていた。

私自身は六頭の殺処分については、国の考え方に賛同せざるを得ないと思う。ＯＩＥに認められないことには、悪い状況が膠着《こうちゃく》し、ますます再起が遅れる。県民の中にも、そう考える人がいると報じられていた。

私や友人たちがあきれたのは、国のその考え方ではなく、山田大臣の署名簿に対する態度なのである。

殺処分の反対者たちとて、ＯＩＥのことを考え、国の方針も理解し、それでも苦渋の結果、反対名簿に署名したはずだ。それくらい、いくら山田大臣でも想像がつくだろう。自分とて同じ苦渋を経て、「一頭残らず殺処分」を決めたのだろうから。

なのに、立ち上がりもせずに「そこに置いといて」と目で示す。この神経は普通ではない。それも、一人一人が直筆でサインした名簿である。普通の神経なら、立ち上がって両手で受け取る。それはたとえ反対者であっても、署名者たちへの敬意である。

民主党は口を開くと「国民の皆様のために」と言うが、大臣の態度を見ていると、それが口先だけだと思われても致し方あるまい。宮崎県民という国民が、苦渋の果てに知事に託した名簿。「そこに置いといて」と言った後、大臣はすぐに手に取ることもなく、少なくともニュースで流された間は、それに触れようともしなかった。

私は東国原知事がよく怒らずに、むしろ素直に、テーブルに置いたものだと思った。だが、繰り返しニュースを見ていて気づいた。おそらく、知事は大臣のあの態度を、予想だにしなかったのだ。人として、最低限の礼儀として、立ち上がって両手で受け取ると思い込んでいたのだ。というのも、「そこに置いといて」と言われた瞬間の、知事の表情を見ればわかる。それこそ「ハトが豆鉄砲」という状態で目をまん丸くし、

「ハ、ハイ」

と答えて、目で示された位置に置いている。きっと、後で猛烈な怒りがこみあげて来ただろうと思う。

「国会議員のレベルは、国民のレベルである」とはよく言ったものだ。選挙の時は土下座をし、「助けて下さい」と泣き叫んでドブ板を踏む。土下座や「助けて下さい」と泣き叫ぶのも、なかなか普通の神経ではできないが、当選するなり「そこに置いといて」に象徴されるような態度になる。これも普通の神経ではない。

もちろん、すべての国会議員がそうだと言うのではないが、私はそんなシーンを幾度も見ている。

たとえば某県でイベントがあった。私はその一環として開かれたシンポジウムに参加していた。終了後、合同の控室に行くと、当時四十代の国会議員が椅子に座り、左の足首を右膝にのせ、カカトをゴリゴリかきながら、地元民の陳情を聞いていた。地元民の大半は老人で、畳に正座。若い議員はカカトをかきながら、

「へえ。ふーん。あ、そ。だから何なの」

である。これが当選後の実態なのだと思った。

山田大臣は、あの態度とあの言葉を、強面《こわもて》の石原慎太郎東京都知事にもできるか。もしもできないならば、万死に値する。

「出れるとは……」

「この暑さは、もはや災害です」と、NHKの大越健介キャスターが番組の中で語っていたが、本当にそう思う。

が、人はどんなに暑くても、面白いことを言ったりやったりする。笑ったり、あきれたりしている間は、災害的酷暑は忘れていられる。そこで、私の周囲で起きた、暑さ忘れの言動の数々。

「便座買うから」

その日、私は友人五人と六本木で待ち合わせをしていた。すでに陽は落ちていたが、猛烈に蒸し暑い。

私が自宅を出て間もなく、五人のうち二人とバッタリ会い、一緒に歩き始めた。すると一人が言った。

「途中で便座を買いたいから、ちょっと待ってて」

私は驚いて言った。

「この暑さの中、便座をかかえて行くの？」

「大丈夫よ。小さい便座にするから」

もう一人の友人が、首をかしげて言った。

「便座って、そんなに大小あるの？」

「あるわよ。色々」

「だけど、便座専門店なんてここらにある？」

「イヤだ、専門店なんてどこにもないわよ。あ、店がある。ちょっと待ってて」

彼女はドラッグストアに入って行き、買って来たのは風邪薬の「ベンザ」だった。

何でもかんでも、言葉をフラットなイントネーションで発音する風潮は、来るところまで来たと思った。


「出れれるとは……」

ある日のテレビ番組に、プロスポーツ選手が出ていた。彼は大きな試合の出場権を得て、感無量という様子で語った。

「まさか、自分が出れるとは思わなかった」

ウワァ！「ら抜き」言葉もここまで来たかと思った。

最近は一般人も著名人も当たり前に「ら抜き」で話す。だが面白いことに、画面に出るテロップはＮＨＫも民放も、ほとんどが「ら」を入れている。

たとえば、出演者が、

「これ、食べれるの？」

と言っても、テロップは、

「これ、食べられるの？」

と出る。「ら抜き」は市民権を得ているが、それに対する微妙な思いがわかる。

そのプロスポーツ選手のコメントは、テロップが出なかったが、出るならば、

「まさか、自分が出られるとは思わなかった」

となるはずだ。が、彼はきっといつもいつも「ら抜き」で話しているのだろう。「見れる」「生きれる」「逃げれる」「寝れる」等々だ。そのため、「出られる」というボキャブラリーは持っておらず、咄嗟に口をついて出たのが、「出れる」という、途方もない言葉だったのだと思う。

彼が「まさか、この自分が出られるとは……」と、なし遂げた思いや許可を手にした「I

ｃａｎ」のニュアンスをこめたのは、とても細やかな神経だ。と同時に、いつもいつも「ら抜き」で話していると、「出れれる」や「見れれる」や「寝れれる」になってしまうことの証明でもある。

一番悪いのは、過去、「ら抜き」に市民権を与えたことだ。「言葉は生きもの」だか何だか知らないが、締めるところを締めずに甘くしたがためだ。私は何だか「出れれる」と言った選手が可哀想に思えた。

「野良猫の名前」

うちの近くの公園に、野良猫がいる。以前は数匹いたが、今は一匹だ。どこかでエサを調達しているらしく、猛暑の中でも元気に暮らしている。

私はこの猫にひそかに名前をつけた。「アジェンダ」である。

そう、「みんなの党」の渡辺喜美代表が、口を開くと言うアレだ。代表はきっと、「アジェンダ」という言葉がはやると思っているのだろうが、私の周囲では「何アレ」と笑いこそすれ、全然はやっちゃいない。

しかし、猫の名としては異国的で美しいではないか。

私はその猫の姿を見ると、

「アジェンダ！　元気？」

などと声をかけていた。するとある日、八十代らしき老婦人が通りかかり、

「まァ、外国の名前つけてもらったのね」

と、私と並んで呼んだ。

それから二、三週間後、私が通りかかると、先の老婦人がいて、呼んでいた。

「おいで、ベランダ！」

渡辺代表、「アジェンダ」は浸透しないとおわかりになるでしょ。


「僕が優勝してよかった」

大相撲名古屋場所は野球賭博問題で、天皇賜杯も自粛し、NHK中継もなく、異例の十五日間だった。その中で、私が一番感激したのは、全勝優勝した横綱白鵬の言葉だった。

「力士は誰しも、天皇賜杯を抱きたくて頑張っている。もしも、今場所の優勝者が初優勝の力士だったら、天皇賜杯を抱けないわけで、優勝したのが、僕でよかった」

この言葉からは、多くのことがうかがえる。

ひとつには、白鵬が横綱として、他の力士の心情までを思いやっていること。優勝者には賜杯を抱かせてやりたいと思い、それがない今場所は、今迄さんざん抱いている自分が優勝

してよかったと、これはなかなか言える言葉ではない。

また、優勝がいかに難しいかということも読みとれる。最初で最後の優勝という力士は多い。だからこそ、白鵬は賜杯のない初優勝者が出なくてよかったと言っているのだ。よく「この口惜しさを次につなげて」と言う人がいるが、そう簡単に次はない。そんな励ましは、もはや災害である。

白鵬は勝ち星だけではなく、国技を牽引する大横綱になった。一服の涼風のような言葉だった。

長岡の白い花火

私が入学した小学校は、新潟市立沼垂小学校である。二年生まで在学して東京に転居したが、今もってチエコという同級生とは仲がいい。六歳からのつきあいである。

その彼女から電話がきた。

「長岡の花火大会、一等席の桟敷を取ったわよ」

私は嬉しさのあまり、会う人会う人に吹聴した。

「長岡の花火に行くの。桟敷よ、一等席よッ」

すると、東京在住の長岡出身者がしみじみと言った。

「花火か……。懐かしいなァ、あのサイレン」

おかしなことを言うものだと思った。普通、花火はズドーンという音だろう。察して彼が言った。

「正三尺玉が打ち上げられる時、長岡ではサイレンが鳴るんだよ。正三尺玉って、夜空に直径六五〇メートルの花が咲くんだよ！　これは長岡のシンボルよ。だからその前にサイレンを鳴らしてみんなに伝えてると思ってたんだけどさ」

　が、彼は子供の頃に父親から教わったそうだ。

「そうじゃなかったんだね。正三尺玉は大正十五年に初めて打ち上げられて、サイレンもその時から鳴ってるって。俺のお袋の生まれた年だから、覚えてるんだ。で、戦後は空襲犠牲者への鎮魂のサイレンであり、鎮魂の正三尺玉なんだって、親父が言ってたなァ」

　その後ほどなく、私はＪＲ東日本からいつも送られてくる『大人の休日倶楽部ジパング』の七月号を見ていた。するとそこに、衝撃的な写真が載っていた。

　これが真っ白な花火なのである。土屋明さんの撮影で、西福寺の鐘楼の上に、一輪の真っ白い花火が開いている。今まで見たこともない白い花火。その写真は単なる花火の域を超えている気がして、わけもなくとり肌が立った。

　本文を読むと、これは「白菊」と名づけられた花火で、空襲犠牲者の鎮魂を祈り、霊前に捧げる光の香華《こうげ》なのだという。

　長岡空襲は、昭和二十年八月一日午後十時三十分。十六万三千発もの焼夷弾が落とされ、旧市街地の八割を焼失。一四八六人が死んだ。あと二週間で終戦である。あと二週間生きていれば、今も故郷長岡の花火を楽しめたというのにだ。

同誌によると、「白菊」の打ち上げと同時に、市内の各寺院は弔鐘《ちょうしょう》を撞《つ》き鳴らす。撮影された西福寺の鐘は「維新の暁鐘《ぎょうしょう》」と呼ばれる名鐘だそうだ。これは一八六八（慶応四）年の戊辰《ぼしん》戦争の際、長岡藩士が乱打して官軍の攻撃開始を知らせた鐘でもあるという。

花火大会は毎年八月二日、三日だが、その前夜、つまり空襲のあった一日の午後十時三十分に、必ず毎年「白菊」が三発打ち上げられる。

西福寺の藤井哲雄住職は同誌のインタビューに、

「（戊辰戦争と第二次世界大戦と）二度の戦火をくぐった鐘を撞きながら、戦争で亡くなった方をしのぶ気持ちを新たにしています」

と答えている。

さらに平成十六年に襲った中越地震。マグニチュード6・8により、長岡は叩きのめされた。しかし、何とその翌年から、復興を祈願する花火「フェニックス」が打ち上げられている。

「サイレン」と「白菊」と「フェニックス」を知ったことで、私の長岡の花火への思いが急に深くなった。花火というものは、単にきれいだとか夏の風物詩だとかだけではなく、メッセージをこめることができるのだと、初めて気づかされた。そして、そのメッセージをどんな花をもって夜空に咲かせるか。花火師の腕とセンスの見せ場だ。

私は八月三日に行ったので「白菊」は見られなかったが、震災復興祈願の「フェニックス」は、信濃川に沿って二・七キロにわたり、シャンパンゴールドの瀑布が出現した。それは玉数にして千八百発、打ち上げ箇所にして十五か所が夜空に作る光の緞帳《どんちょう》でもある。観客から拍手と歓声があがり、「いいぞ、長岡ーッ」「イヨッ、長岡ッ」と声が飛ぶ。震災直後から、不死鳥《フェニックス》が打ち上げられた意味は大きい。人々はこのとてつもない花火によって、自分たちの力を認識し、長岡の力を誇り、それは復興への原動力の一因になったに違いない。

ただ、不思議なことにサイレンが鳴らなかったのだ。友人は「子供の頃から必ず鳴っていた」と言い、あんなに懐かしがっていたのに、本当に鳴らなかった。

その理由は翌四日付の『新潟日報』で知った。屋上にサイレンを載せていた市消防本部が移転したため、今年からやめたのだという。同紙は「無用になったサイレンは、庁舎もろとも取り壊されてしまうのだろうか」と憂え、次のように書いている。

▼サイレンは約1分間鳴らされていた。それまで圧倒的な迫力で打ち上げられる花火に興奮し、ざわついていた会場がサイレンとともに静まる。市中すべてが沈黙し、祈りの時を待つようでもあった▼興奮から静寂へ。その中を、人々の思いを天に届けるように立ち上がる一筋の火柱、そして一瞬の開放。三尺玉は何百、何千の花火が競い重なる華やかさとは異なる、特別の存在だ。サイレンはその一部だった▼

この文章の行間からは「移転でナシにするなんて本末転倒だ」という思いがうかがえる。部外者の私でさえまったく同感だ。

そして、もうひとつの特別の存在、「白菊」については、私とチエコがもっと詳しく知りたくて、二十人近くの市民に聞いた。ところが、私たちが聞いた限りでは、誰一人としてその存在さえ知らなかった。

サイレンと白菊とフェニックス、この三つが長岡花火の背骨であるなら、もっとそれを伝え、残すべきではないか。

何のために死んだのか

八月のある日、テレビを見ていたら、マイクを持った記者のまわりを、たくさんの子供が取り囲み、Vサインをしたり舌を出したりの大騒ぎ。子供ばかりか、大人の男女もカメラの前に顔を突っこみ、表情を作ってみたり、携帯電話をかけながら手を振ってみたりだ。おそらく、友人に電話して、

「今、俺、映ってんだろ。見てる？」

とでも言っているのだろう。かと思うと、若いカップルが肩を抱きあってイチャイチャとふざけてみせる。

これはテレビの中継シーンでは日常的によくある行動だ。だが、それが子供であっても、見ていて非常にみっともない。まして、大人となれば、そのみっともなさはたとえようもない。

大人のみっともなさが、時に見られるのがＮＨＫの大相撲中継である。

中継の際、向正面のアナウンサーや解説者にカメラが切りかわる時がある。向正面の放送席は、客席の真ん中にあるので、周囲の観客が映る。最初は観客も気づかないでいるが、そのうちに放送席のモニターを何気なく見ると、自分が映っていることを発見。そうなると、まず決まって隣席の人たちに知らせる。みんな、何とかして映ろうと、体をかがめ、顔をくっつけて突き出す。Vサインをし、紙コップの酒をかかげ、大はしゃぎである。

相撲のこの辺の席には、たいてい大人たち（それも中高年の）が座っているが、それがこのざま。これが世界中に中継されているのかと思うと、日本人がバカにされるのは当然だろう。

こういう大人や子供を見ると、いつもはチャンネルを変えるだけの私だったが、八月のその日は何だか虚しい気持ちに襲われていた。というのも、ちょうど終戦六十五年のニュースや、原爆に関する番組が多い時期だったからだ。

六十五年前、死にたくないのに死んでいった人々がいる。沖縄で、広島で、長崎で、そして全国各地の空襲で。さらには厳寒のシベリアや、酷暑の南方で、ろくなものも食べずに行軍し、戦い、疫病の果てに死んでいった兵隊たち。母親を思い、若くして散った特攻隊員たち。人間性を奪い取られた戦地での男たちのほか、「銃後を守る」として女や子供たちも、不衛生で貧困の中、耐えて死んでいった人がどれほど多いか。

本心からこの身をお国に捧げたいと思って死んでいった人にせよ、死にたくはないが後世の日本人のためにと思った人にせよ、今、テレビカメラに向かってバカ面《ヅラ》でVサインし、はしゃぎ、騒ぐ大人や子供を見たら、どう思うか。

自らの命を捨てるだけの「お国」や「後世の日本人」たり得ているか。彼らはあの世で、おそらく「無駄な死だった」と虚しい気持ちになろう。

そして、こういう大騒ぎに関し、テレビ局に寄せられた苦情を思い出した。

私はテレビ朝日の放送番組審議会委員なのだが、全国から寄せられる意見、要望などを、局では丁寧に分析し、手を打つ。そして、それらは審議会でオープンにされ、さらに委員から要望や、意見が出たりする。

配られた資料の中に、印象に残る意見があり、それを思い出したのだ。この五月十七日に寄せられた六十代女性の声である。

「女の子が刺されたニュースを見てとても不愉快になりました。記者の後ろで子ども達がやじうま状態でワイワイ騒いでおり、しかも血痕の上を子どもが歩いていたり、Vサインをだしたり、何でそんな映像を流すんですか。刺された子どもの親が見たらどう思うのか考えなさいよ」

そして、こんな映像を流す前に、スタッフがVサインの子を注意すべきだと続けている。

資料によると、はしゃぐ子供への同様の意見は三十通あり、メールも多数来たそうだ。

この六十代女性の意見はもっともであり、多くの同意見があったというのは救いである。

これは別のテレビ局のことだが、私はVサインやらで大騒ぎの子供を、その場で注意したディレクターを知っている。私もその場にいたのだが、注意された子供たちは「ケッ」と言うなり、さらにカメラの前に出て、万歳したり、レンズを手で覆ったり、飛び上がったりで、撮影できなくなってしまった。若いカップルはそれを見て、両手を大きく叩くと、

「笑えるーッ」

と歯をむいて笑ったのである。この時はナマ放送ではなかったが、ナマのニュース現場でも、同じことをやりかねない。また、大相撲中継でも、もしもその場で注意したなら、酔った大人たちがどう出るか、予測もつかない。

むろん、そういう騒動もすべて放送する覚悟で、放送人は注意すべきだとの意見もあろう。それは正論である。ただ現実に、その騒動をそのままナマ放送できるか。それが大人であれ子供であれ、顔が出て、注意されているところが出たなら、個人情報だの肖像権だのが引っかかってくる。ナマ放送である以上、顔にボカシを入れる時間はない。

もしもそのまま放送されたなら、「うちの子が全国に恥をさらされて、登校拒否で引きこもっている」とか「業界でもの笑いになり、取引が不成立になった」とか、必ず出てきて、

訴訟問題にさえなりうるだろう。

　これは根本的な意味では放送マンの問題ではなく、学校の問題でもなく、家庭の問題である。

　子供がテレビに映って面白がりたいという素朴な気持ちはよくわかる。それを十分に肯定した上で、やってはみっともないことだと躾《しつ》けるべきだろう。

夏休みの宿題は？

二学期が始まると、思い出すのは子供の頃の「夏休みの宿題」である。早々と全部終わらせるタイプもいれば、絵日記もドリルもまだ真っ白で、顔が真っ青のタイプもいた。

月刊『文藝春秋』九月号に、面白いアンケート結果が出ている。

「子供の頃、夏休みの宿題の終わらせ方はどういうタイプだったか」、「それが現在の仕事の進め方や行動に類似しているか」という設問である。

各界の58人が回答しており、これが面白い。私もアンケート用紙が届いた時、「確かに、私の夏休みの宿題の終わらせ方は、今の仕事の終わらせ方とそっくり同じだわ」と気づいたのである。

同誌では、宿題に対するタイプを四分類している。
①**先行逃げ切り型**（七月中に全部終わらせ、あとは存分に遊ぶ）
②**まくり型**（存分に遊んだ後、お尻に火がついて慌てて取りかかる）

③コツコツ積み立て型（毎日、ムラなく的確にコツコツとさばく）

④不提出型（出さなければと思うが、結局出さない）

私自身は絶対の「先行逃げ切り型」。夏休みの宿題に泣いたことは一度もない。

何しろ、夏休み初日に綿密な計画を立てる。そして朝から計画通りにこなし、絵日記も七月中に八月三十一日分まで描いてしまう。

「きょうはおとうさんがスイカを買ってくれました。切ると黒いたねがいっぱいありました」とか「秋田のおばあちゃんの家に行きました。庭で花火をしました」とか、こんなものは何もその日に書かずとも、前もってまとめて書ける。

七月中にすべて終了させると、八月は宿題を思い煩うことなく、心おきなく遊べる。

この「心おきなく」は現在の私にもずっとつながっている。遊ぶ時に、仕事が心に引っかかっているのが何よりイヤなのである。そのため、まず月初めに、仕事の進め方の計画を立てる。この日は週刊誌の原稿を書き、この日は資料を読み、この日はドラマの構成を立て……というようにだ。小学生の頃の宿題計画と同じである。

「心おきなく」が最重要の私は、旅行に出る時には留守中の原稿をすべて、前もって出して行く。連続ドラマを書いている時は旅行はできないが、それ以外の時期、雑誌連載やイレギュラーの原稿等々はすべて出してから出かける。

また、突然の風邪や緊急事態で原稿が遅れるとわかった場合、その時点ですぐに担当編集者に事情を話し、二日遅れで出すなどと伝える。そうでないと、心おきなく寝込めない。

小学生の時のまま、脚本でも他の原稿でも、たいていは〆切り前に全部書き終えている。だが、すぐには出さない。あの頃、小学生の頃、私は七月中にできた工作を、八月一日の登校日に提出したことがあった。あの頃、八月一日と十五日は夏休み中の途中登校日だった。工作は家に置いて壊しても困るし、早々に出したのである。

ところがだ。早く出されすぎて、先生がなくしてしまった。さらにだ。大人になってから、早く出しすぎた原稿を編集者がなくしてしまった。小学生の時と同じである。以来、私は早くできても、〆切り日当日に出すようにしている。

さて、同誌のアンケートの結果だが、先に挙げた①から④の順位は次の通りである。

1．まくり型（50％）
2．先行逃げ切り型（21％）
3．コツコツ積み立て型（8％）
4．不提出型（7％）
5．その他、複数回答（14％）

お尻に火がついてから、泣いて取りかかる人が半数を占めていたのには驚いた。

同誌では、ビジネスコンサルタントの山崎将志さんが、アンケート結果を解析しておられるのだが、それによると、ぎりぎりまで取りかからないのは人間の本性だそうだ。人間は楽ができる時は必要以上に頑張らず、逆の時は懸命に力を発揮するものだという。そのため、半数が「まくり型」であるのは妥当だとあった。

思えば、小学生の頃、八月下旬になると、いつも弟と二人で遊んでいた。友達はみな「まくり型」で、逃げ切り型姉弟など相手にしていられない時期だったのだ。

「先行逃げ切り型」には安西水丸さん（イラストレーター）や岸田秀さん（心理学者）、鈴木宗男さん、鳩山邦夫さん（ともに衆議院議員）、田原総一朗さん（ジャーナリスト）をはじめ、どなたにも「心おきなく」が共通して見える。佐竹敬久さん（秋田県知事）が、先に絵日記を完成させて「日記にあわせて行動していた」とあって笑った。

「まくり型」には、秋元康さん（プロデューサー）、石破茂さん、与謝野馨さん（ともに衆議院議員）、岸部四郎さん（タレント）らが名を連ね、嵐山光三郎さん（作家）の『先行逃げ切り』した優等生は実社会に出ても後半はバテて、まくられて負けてしまう」という悪態にも笑った。

「コツコツ積み立て型」には唐十郎さん（劇作家）や舛添要一さん（参議院議員）という、そうは見えない人たちがいて面白い。

また「不提出型」という根性を持つのは浅野忠信さん（俳優）や角田光代さん（作家）らがいて、山崎さんの解析では「指図には従わず自分だけの目標を立てられる独創性に富む」とされている。

そして、当時のこのタイプが、現在の自分の仕事の進め方に類似していると答えたのは、実に71％。みな、子供時代のシッポを残している。

妖怪はいるか？

妖怪は本当にいるか、いないか。柳田國男さんの『遠野物語』や『ゲゲゲの鬼太郎』の水木しげるさんの作品に出てくるような、座敷わらしとか雪女とか、豆腐小僧やら砂かけ婆やらの妖怪だ。

妖怪はいる。私はそう思う。今の世は、どこもかしこもあまりに照明がすごくて明るすぎて、出て来られないだけなのだ。その証拠に、水木しげるさんは、

「電燈がお化けを消した」

とおっしゃっている。

が、決して「消滅」したのではなく、私たちが眠ったり気づかない時に、出て来ているに決まっている。

私は妖怪について全然詳しくはないのだが、動物や八百万《やおよろず》の神々などと一緒に生きていた時代の、日本人の宗教観がとても好きだ。

私が東北大の大学院の宗教学研究室にいた時は、『遠野物語』を題材に、そんな講義もあり、ワクワクする面白さだった。と同時に、そういう宗教観を持っていた日本人に、深いいとおしさを覚えたものだ。

私は院生の間、大学のある仙台を生活の拠点にしていたので、遠野にもよく出かけて話を聞き、岩手在住の友人知人とも、しょっちゅう会っていた。そういう中には、座敷わらしを見たとか、カッパや雪女を見たとか言う人たちが本当にいる。

座敷わらしを見たと言う一人は、断言した。

「間違いない。夜中に目がさめて、時計を見ようと思って枕元の小さな灯をつけた。その瞬間、小さいオカッパ頭の女の子が走って出て行った」

カッパを見たという盛岡のお年寄りは、

「中津川のほとりに、一匹で座っていた。体は赤かったから、あれは遠野から来たカッパだと思う」

と言った。私は知らなかったが、遠野のカッパは赤いそうだ。それは貧しさのために間引きされた赤児の生まれ変わりなんだとか。

これらを「非科学的。ススキを幽霊に見間違えるように、何かと見間違ったんだよ。ありえない」と断ずるのは簡単だが、妖怪はいると考える方が、何だか気持ちが潤う気がする。

その昔、動物や神々と一緒に暮らしていた日本人の、そんな気持ちが甦るように思うのだ。

ここに、とても興味深い新聞記事がある。『秋田魁新報』（二〇一〇年七月二十五日付）に、

——一切キュウリ植えず　今泉集落「カッパのたたり」〈北秋田市〉——

という見出しがあった。

北秋田市はキュウリの生産が県内4位であり、今が出荷のピークだ。なのに、同市の今泉集落の畑では、キュウリがまったく見あたらないという。家庭菜園でも、トマトやナス、ピーマンなどは植えてもキュウリは植えない。

これはキュウリが好物の妖怪・カッパの逸話が伝わっているからだという。

記事によると、かつて、今泉集落では多くの馬を飼育していた。荷物運びや農作業に使う馬である。集落は旧羽州街道沿いにあり、住民はいつも、近くの沼で馬に水を飲ませたり体を洗ったりしていた。するとある時、沼から上がれなくなった馬がいた。若衆らが協力して引きあげたところ、馬と一緒にカッパがくっついて出てきた。びっくりした若衆たちは、カッパを問い詰めたという。

「何だって、馬を引き込むような悪さをするんだ。お前らは何だってこの沼に居ついているんだ」

カッパは泣いて答えた。

「この集落には、好物のキュウリがたくさん作付けされているから。キュウリがなくなれば居つかない」

カッパの言葉を信じた村人は、キュウリを植えるのをやめた。

記事では、現在の今泉集落自治会長の簾内順一さんの談話が紹介されている。

それによると、集落には大小の沼があり、以前はそこで洗いものをしたり、泳いだりしていた。

簾内さんの話では、五十年ほど前に、住民が誤って沼に落ち、死んでしまったという。

五十年前ということは、一九六〇（昭和三十五）年頃だ。かなり最近である。死んだ理由は「カッパのたたり」だと噂された。集落の中には、カッパの言葉を信じないでキュウリを植えている家があったからだ。その後、たたりを恐れて誰も植えなくなり、今に至っている。

記事では、遠野市立博物館学会員の長谷川浩さんがコメントしている。

「生活レベルでカッパにちなんだ習俗が残っているのは極めて珍しい」

このコメントからも、今や多くの人が妖怪は非科学的と感じていることがわかる。そうでなければ、生活レベルでたくさん残っているだろう。

なのに、やっぱり人々は妖怪が好きだ。つい先日、私は話題の「水木しげる記念館」に行き、水木しげるロードを歩いてきた。ちょうど境港市で仕事があり、初めて行ったのだが、記念館もロードも人であふれている。大人も子供も老人もいて、大変な賑わいだ。

私が何より我が意を得たのは、妖怪に接する人々がみんな嬉しそうで、柔らかくて、いい顔をしているのである。本当である。妖怪に接すると、日本人が動物や神々と一緒に生きていた時代のＤＮＡが、甦るからだ。絶対にそうだ。だから「非科学的」と断ずることほど「非人間的」なことはないのである。

境港はいい街だった。昔の日本のような香りが残っていて、ここなら間違いなく、今も妖怪が人々と共に棲んでいると思う。そんな、美しくてあたたかな街のタクシー運転手さんが、

「明日はゲタ飛ばし大会ですわ」

と声を弾ませた。

まさおのたび

私は「あまりに内気で無口で」、幼稚園を半年で強制退園させられた。今の私を見れば誰も信じないだろうが、本当である。

退園させられた後の四歳児は、家で紙相撲の一人遊び。飽きると、『まさおのたび』という絵本を読む。この本だけは今も鮮明に覚えている。そして時々、「もう一度読んでみたいなァ」と思っていた。

そこでこの六月、『週刊新潮』の「掲示板」というコーナーに掲載を頼んだ。ここに探し物を載せてもらうと、読者が情報を知らせてくれる。

やがて、全国から情報が届いた。広島大学図書館や国会図書館で閲覧できる等々、みんなどこでこんなに情報を得るんだろう。あきれていると、脚本家の井沢満さんに笑われた。

「インターネットで一発で探せるよ。普通、本探しなんて『掲示板』の手を煩わさないよ」

あ……そういうもゝなのね、今の時代って。私はネットもメールもやらないので、古い本は古書店で探し、なければ「掲示板」なのだ。

　こうして何と58年ぶりに『まさおのたび』と再会した。私が生まれた昭和23年に発行され、小学二年生用の社会科教科書だったという。なのになぜ、四歳の私が持っていたのだろう。19円という価格が入っているので、おそらく市販もされていて、父が買って来たのかもしれない。

　物語は、まさおがお父さんと一緒に、田舎のおじさんの家に行く話である。朝早くから働く人々の様子や、朝ごはんの準備で煙が立ちのぼる家々の様子、そして蒸気機関車や鉄橋にときめくまさおの心などが描かれている。58年たっても、内容は覚えていたし、絵も覚えていた通りだったのが二枚あった。幼い頃の記憶というのは、こんなにも強烈なのだと恐ろしくなる。唐突だが、幼児虐待だの家庭問題だのは、子供に一生消えない悪い記憶を残すと思う。

　するとある日、井沢さんから連絡があった。興味を覚えて『まさおのたび』をネットで読んでみたという。

「驚いた。当時の庶民の言葉がきちっとしてるね。何気ない会話に驚いたよ」

　それについては私も驚いていた。たとえば、朝早く旅に出るまさおを、お母さんが起こす時は、

「まさお、まさお、おきるんですよ」

である。今ならたぶん、

「まさおーッ、起きなッ」

だろう。井沢さんは、駅に向かうお父さんとまさおに、交番の警官が、

「ずいぶんはやいおでかけですね」

と言う言葉にも感心していた。私はお父さんの、

「まさお、ごらん。あれがやくばだよ」

と言う言葉も好きだ。今再読すると、言葉がきれいなので本自体に品がある。井沢さんは、

「この本が昭和23年発行ということは、戦後3年まではまだきちっとした言葉を保ってたんだね。その後、寄ってたかって言葉を崩されてしまったね」

と言った。確かに、私が小学生の頃は、友達を誘う時には、

「ねえ、いらっしゃいよ」

と言った。私は東京の公立出身の庶民だが、間違いなく誰もがこう言っていた。

井沢さんはつぶやいた。

「言葉が崩れて民族崩れ、国は亡ぶ」

それから間もなく、『週刊朝日』の元編集長、川村二郎さんから暑中見舞いのハガキを頂

いた。井沢さんと私のやりとりなどまったくご存じないのだが、次のように書いてあった。

「日本中、あっちもこっちもボロボロガタガタ。国語学者、大野晋さんは諸悪の根源は国語力の低下、国語教育の軽視と断じ、『戦争に負けるとはこういうことかもしれないな。頭の中を植民地にされたんだよ』と言われましたが、正しい気がします。政治家にも記者にも、国語が不自由なのがふえました」

なのに、小学校から英語教育を必修にし、社内の公用語を英語にする企業まで出てきた。日本人は自分たちの手で、自国を亡ぼそうとしている。

そんな時に、今度は男友達からファックスが届いた。私とも共通の友人たちのメールがあまりにも面白いからと、メールをやらない私にわざわざそれをファックスしてくれたのだ。

その気持ちは嬉しかったが天を仰いだ。メールの文章の何という緩さ、言葉のだらしなさ。そして（笑）だの（泣）だの（汗）（怒）の乱用。私信のメールなのだから構わないとはいえ、中高年がこれかと愕然とした。メールの手軽さが、どこかで人を緩くし、だらしなくしている一面はないか。幼児のうちからメールを打ち、英語を学ぶ今、どんな中高年になるのだろう。

せっかく送ってくれたファックスだが、あまりに情けなく、くず籠にぶちこんだ。そしてテレビをつけると、猛暑にあえぐ地方の女子中学生たちがマイクを向けられ、叫んでいた。

「38度かよ。すげえ！」

また、幼児を虐待して死なせた母親についてのニュースでは、他の母親は、

「お母さんばかり責めてあげたらかわいそう」

と言い、体温計を誤飲した幼児のニュースでは、母親が、

「体温計とかで遊んでいる形で、でもこういう事故は親としてあってはならないことなのかなとか思う」

と言う。週刊誌を開けば、20代のモデルが語る。

「ファミレスにも全然行きます」

『まさおのたび』から62年、日本の旅の行きついた果ては、これらの言葉と、それを遣う国民だった。

私のパシリ時代

私は今、「三菱重工　ＹＯＫＯＨＡＭＡ」とプリントされたＴシャツを着て、この原稿を書いている。背中には「ＵＣＨＩＤＡＴＥ」とデカデカとプリント。

これは、今年の都市対抗野球大会の応援席で着たものだ。社員や家族は自分の名前や好きな背番号を入れて、そろいの応援団Ｔシャツを作ったわけである。これが風通しがよく、家で原稿を書く時にも具合がいい。

今年の都市対抗大会は、川崎市代表の東芝が優勝したが、私が勤務していた三菱重工横浜製作所の硬式野球部は、横浜市代表として出場。東京ドームでの全国大会に出場するだけでも大変なことなのに、何とベスト4まで進んだ。全国各都市代表32チームのベスト4である。東芝、ＪＲ九州、住友金属鹿島と並んで、ベスト4に輝く日が来ようとは！

実はこの私、ＯＬ時代に三菱重工横浜の野球部マネージャーをやっていたことがある。いや、やりたくてやったのではない。雑用をする人がおらず、課長が、

「誰か総務の女の子にやらせるよ。ヒマそうな子に」

と、こうなった。私は「総務の女の子」で「ヒマそうな子」だったのだ。

が、私は野球が全然わからない。今は観戦には不自由しないが、何度教わっても、今もって「ヒットエンドラン」は理解できない。ヒットを打てばランするのは当然だろう。それと「スクイズ」もわからない。また、相撲の決まり手は一目でわかるが、球種はまったくわからない。だが、試合を楽しむ上では何の不便もない。

しかし、マネージャーになった頃は「安打」の意味がわからず、野球部長に、

「ホームランと安打って、どっちが偉いんですか」

と聞き、教わるや、

「わかりました。ホームランは横綱で安打は前頭ってことですね」

と言ったらしい。私は覚えていないが、部長から後々まで酒の肴にされた。

ともかく、そのレベルなのでマネージャーなどできる器ではないのである。だが、「総務の女の子」で「ヒマそうな子」という以外に、私に白羽の矢が立った最大の理由があった。それは、野球部の練習グラウンドと私の自宅が近かったのである。主将に言われたことを、今でも覚えている。

「あまり用はないから。給料日に部員全員の給料をグラウンドに届けてもらうことと、旅費

なんかの精算金が出たら届けてもらう。家に帰る途中に寄れるからラクでしょ」

　要は、帰宅途中にお金を届けるパシリだったのだ。よく覚えていないが、昭和四十年代後半か五十年代前半だったろうか。あの頃は「振り込み」はなく、すべて現金払いだった。

　そんな中、三菱重工横浜は、「都市対抗出場を実現させよう！」をスローガンに、野球部強化をスタートさせたところだった。スタート直後なので選手層も薄く、人数も少なく、有名選手はおらず、大半が高卒の若い選手。甲子園出場者は聞いた記憶がない。

　そんなレベルであったが、選手たちは練習に励んだ。やがて、会社は大学の有望選手や甲子園球児の獲得にも乗り出すようになった。とはいえ、全国に強豪チームがひしめいている。当時、神奈川県だけでも、日石、いすゞ、東芝、日産の四強がしのぎを削っており、三菱重工は何とかこれらのチームにコールド負けしないように踏んばるのが精一杯である。

　私は「マネージャーという名のパシリ」として、しょっちゅうグラウンドに行き、わけがわからないながら試合を見て、選手たちと飲んだり食べたりするうちに、情が移ってきた。社内報の編集を仕事にしていた私は、日石に11対2でコールド負けした記事を書く際、

「三菱惜敗！」

　と見出しをつけ、上司につっ返されたこともある。あれは、野球をよく知らないので「2点も取った偉さ」を過大視し、情でくるんだのは間違いない。

やがて、給料は振り込みの時代が来て、パシリはクビになった。この時代には、第一線を退いた選手がマネージャーとして残るなど、組織としても整い始めていたように思う。だが、都市対抗全国大会への道は遠く、結局、私はそれを見ることなく退職した。

それが88（昭和六十三）年にはベスト8、今年はベスト4である。草創期の野球部を知っている私としては、つくづく「棄《な》げてはいけない。人間、地道に努力を続ければ、必ず道は開ける」などと、人格者のようなことを思ってしまうのだ。

東京ドームでの初戦、三菱重工横浜応援席はそろいのTシャツ軍団で埋まっていた。佃和夫会長も大宮英明社長も応援団の指示に従って、「カッセー！　カッセー！」である。Tシャツは、下請けの方々とその家族はもとより、彼らの赤ん坊まで着て圧巻。対する春日井市代表の王子製紙側も大応援団。その声はうなりをあげ、拍手は怒濤のようで恐いほどだ。

不況の今、確かにどこの企業も、野球だけではなくあらゆる運動部の維持は苦しいだろう。「大企業だからできるんだよ」という声も当然あろう。だが、大企業とて苦しい。まして、この円高だ。それでも維持しているのは、プラスの面があるからだと思う。

王子製紙と三菱重工の応援席を見ながら、そのひとつは、社員と家族と関係者すべての士気を養うことかもしれないと思った。それはすぐに結果が見えるものではないが、最も大切なことのひとつかもしれないと、遠い日のパシリは思っていた。

あとがき

先日、高校の同級生に会うと、彼女は「ふーッ」とため息をつき、言った。

「トシ取ったなァ、最近」

こんなことを言うタイプではないので、私はかなり驚いた。

「私たち、トシってほどのトシじゃないでしょうよ。頭も体もピンピンしてるし」

「そうだけど、ハートがね」

「ハート……ですか」

「そ。ハート」

彼女は冷やし中華にたっぷりと辛子をのせると、また「ふーッ」とため息をついた。

「私ね、最近、怒らなくなっちゃったのよね。どうしてだと思う？」

「さあ」

私は冷やし担々麺の辛さにのたうっており、それ以上の言葉は出ない。

　すると彼女、言った。

「色んなことがさ、どうでもよくなってきたのよね」

　確かにこれは、トシの証拠かもしれない。

　色んなことがどうでもよくなると、怒る気持ちが失せる。

　怒らないことに対し、「みんな、一生懸命生きてンだしさァ」が、たいていの場合の落としどころだ。

　そのうちに、他人にどう見られようと、何と言われようと、どうでもよくなる。この場合、多くの落としどころは「自分がいいと思えば、いいのよ」だろう。

　トシを取ると動くのも大変だし、他への気遣いなども億劫だ。そういう心身が「どうでもよくなる」に行きつく。それはとても楽だ。「もう楽に生きていいトシだから」と、これも手頃な落としどころだ。

　彼女と同い年の私であるから、その気持ちはよくわかる。

　それから間もなく、会社員時代に入っていたサークルの元・男子部員に、駅で声をかけられた。会うのは20年ぶりだろうか。

「久しぶりにメシどう？　タレがうまい焼きトリ屋があるんだよ」

　そう言われて、カウンターに並んだ。彼は冷たい日本酒をおいしそうに飲みながら、言った。

「俺さァ、近頃考えるんだよ。若いヤツらに教えるべきことは、キッチリと教えておくべきトシに入ったなってさ」

彼も私と同年代で、何年か前から大学で講義をしている。ゼミも持っている。年賀状に書き添えてあったので覚えている。

「学生たちは、みんないいヤツらなんだ。トシ取ると、よく『今時の若い者は』って言うだろう。それは若いヤツらとつきあってないジイサン、バアサンが、知りもしないで型通りに言ってんだよ」

「確かにそれはあるわ」

それより、ここのタレ、確かにおいしい。

「俺、学生とつきあってわかったんだけど、大人が教えるべきことを教えてないんだよ。学問じゃなくて、社会生活の。礼儀にしてもマナーにしてもだ」

「その言葉、礼儀とかマナーとか、あと挨拶とか、若い人は聞くだけでうんざりなの。知らなきゃ恥かくのは自分だけど、礼儀とか挨拶とかの言葉は、それだけでパスなの」

「パスさせない」

「どうやって」

「怒る。首根っこつかまえる。まだその体力はあるし、教え込む。やり直させる。お前のために怒ってんだって」

　この「お前のために怒る」という言葉に、若い人は間違いなく、拒否反応を示す。私もかつて、何度もこう言われ、怒られ、心の中で舌を出したことがあった。不快な顔をあからさまにしたこともあった。

「だけど、内館も大学や相撲部で怒ってんだろ」

「うん……まあね。でも、相撲部は体育会だから、上下の礼儀、挨拶はピシッとしているし、監督の私が怒る前に上級生に鍛えられてるもの。やっぱり体育会は伝わってるよね」

「一般の若いヤツらには、俺たちが伝えないと。俺たちがそれやらないと、日本はひどいことになるよ」

　私も大学で授業を持っているが、何よりも怒り、うるさく、伝えることは学生たちの「声」についてである。

　今の若い人たちは、とにかく声が小さい。語尾が消える。これだけでも何を言っているのかわかりにくいのに、その上、女子学生の少なからずは「アニメ声」というか、カン高い声で、舌足らずのトテトテした口調で話す。

　これだけは絶対に許さない。

「あなた達、それで就職試験の面接が通ると思う？」

そう言ってやり直させる。アニメ声を作らず、自分の当たり前の声で、ハッキリした声で、語尾まできちんと言う重要性をしつこく話す。

怒ることも、伝えることも疲れる。彼もそう言った。

「だけど、俺たちは怒るべき年齢なんだよ。ろくでもないことやって、好き放題に生きて来たんだからさ、恩返ししないとな」

今回、この文庫の校正をしながら読み返し、我ながらよく怒っていると思った。怒ると必ず無記名で「テメエの頭のハエを追え！」という類の手紙が届く。

ふと気づいた。こういう手紙の主たちは「どうでもよくなった」と言う人と正反対にある。それだけの熱があるということだ。悪くない。

私如きを怒るより、その熱を若い人に向けてはどうだろう。もちろん、名前を隠すような情けない真似はダメだ。

しっかりと本気で伝える年齢に来ていると、先の男友達と一致したことを、おいしいタレと共に思い出す。

平成二十九年九月

東京・赤坂の仕事場にて

内館　牧子

この作品は、「週刊朝日」二〇〇九年九月二十五日号〜二〇一〇年十月八日号に掲載された「暖簾にひじ鉄」を改題した文庫オリジナルです。

JASRAC 出 1712493-701

幻冬舎文庫

●最新刊
不倫純愛　一線越えの代償
新堂冬樹

夫への愛情を失った四十歳の香澄が、二十七歳のダンサーと出会う。隆起した胸筋やしなやかな指先——肉体に惹かれて一線を越えるも、夫の激しい抵抗に遭う……。エロス・ノワールの到達点！

●最新刊
烏合
浜田文人

昭和51年、神戸では《神俠会》とそこから分裂した《一神会》とが史上最悪の抗争に発展。一神会若頭の美山勝治は、抗争の火種を消すべく命を懸けるが……。壮絶な権力闘争を描く、極道小説。

●最新刊
近所の犬
姫野カオルコ

ローズイヤーの中型洋犬マッカラン、人心蕩かす「たらし」のロボ……ただ道で会い、ふれるだけ、そのたびにじーんとする。自称「犬が好きだが犬からは好かれない作家」が描く滋味あふるる私小説。

●最新刊
餓鬼道巡行
町田　康

熱海在住の小説家である「私」は、自宅の大規模リフォームで台所が使えず、日々の飯を拵えることができない。美味なるものを求めて、飲食店の数々を巡るが……。ああ、今日も餓鬼道を往く。

●最新刊
長くなるのでまたにする。
宮沢章夫

言葉が聞き取れないとき、何回まで聞き返していいのだろう？　見知らぬ人の会話に一言言いたくなったら……。日常に溢れる困惑、謎、疑問——。演劇界の異才による奇妙な笑い。傑作エッセイ。

女盛《おんなざか》りは腹立《はらだ》ち盛《ざか》り

内館牧子《うちだてまきこ》

平成29年12月10日　初版発行

発行人――石原正康
編集人――袖山満一子
発行所――株式会社幻冬舎
〒151-0051東京都渋谷区千駄ヶ谷4-9-7
電話　03(5411)6222(営業)
　　　03(5411)6211(編集)
振替00120-8-767643

印刷・製本―中央精版印刷株式会社

装丁者――高橋雅之

幻冬舎文庫

ISBN978-4-344-42673-3　C0195　う-1-16

幻冬舎ホームページアドレス　http://www.gentosha.co.jp/
この本に関するご意見・ご感想をメールでお寄せいただく場合は、
comment@gentosha.co.jpまで。